Rygerbilleder

# Rune Høirup Madsen

# Rygerbilleder

3 noveller

© 2008 – Rune Høirup Madsen
Sats og omslag: Books on Demand
Forlag: Books on Demand GmbH, København, Danmark
Fremstilling: Books on Demand GmbH, Norderstedt, Tyskland
Bogen er fremstillet efter on-Demand-proces

ISBN 978-87-7691-249-9

# Indhold

# Forord

Velkommen til Rygerbilleder, Drikkebilleder og Narkobilleder. Bag denne lille bog ligger mange års idéer, forandringer og (ikke mindst) frydefuld skrivelyst.

I 1996 tegnede jeg et tredelt billede af en flok rygere. Ud af røgtågerne opstod nye ansigter – nye mennesker. Dermed var historiens første Rygerbillede skabt. Det blev fulgt op af flere, som jeg tegnede i årene 1996-98, til der var 25 i alt*. Efterhånden begyndte folkene på billederne at få deres eget liv, deres egen historie. I 1998-99 skrev jeg denne historie, som hurtigt voksede sig større end de billeder, den var udsprunget fra. I lang tid stod den alene og var lidt ensom. Men i 2004 bankede de to store, barske halvbrødre Drikkebilleder og Narkobilleder på døren. Disse to stammede ikke fra billeder, thi de var ord lige fra fødslen. Nu var vejen banet for nærværende bog, som dog fik lov til at forblive ukendt i små 4 år, fordi den enten var på besøg hos forlagsredaktører eller lå nedsunket i min dybe skuffe. Jeg håber at du, kære læser, vil byde den indenfor i lyset og varmen!

Jeg vil gerne sige tak til Mikkel Herholdt Jensen, Casper Larsen, Anders Høirup Pedersen, Simon Høirup, Tove Hertha Madsen, Viggo Madsen, Birthe Madsen og alle andre, der har givet mig vind i sejlene.

Bogens forsidebillede viser interiøret i Sällstorps Kyrka, Sverige (Foto: Rune Høirup Madsen). Dette billede har jeg valgt, fordi det er meget smukkere end rygerbillederne.

Jeg modtager gerne henvendelser via e-mail. Skriv venligst til rune_hoirup_madsen@hotmail.com hvis du har noget på hjerte.

Kokkedal den 17. Januar 2008,
Rune Høirup Madsen

*De fleste Rygerbilleder blev tegnet enten i Sverige eller på Langeland. Sidste år tegnede jeg 2 nye – ét i Sverige og ét på Langeland, naturligvis! Dermed findes der 27 Rygerbilleder i alt. De nye indgår dog (endnu) ikke i denne bogs historier.

# Rygerbilleder

## Del I

Da jeg var barn i fattigfirserne, boede mine forældre
og jeg i en treetagers blok. Vores lejlighed lå i stueetagen,
hvor der ofte var larm og skænderier, hvilket jeg afskyede.
Begge mine forældre var væk det meste af dagen; min
far var skraldemand og min mor var pædagog. Når de
endelig kom hjem, var de frygtelig trætte. Jeg brugte det
meste af min tid på at vandre rundt på gangene i blok-
ken, når jeg ikke var i børnehave og siden hen i skole.

»Du må finde nogen at lege med,« sagde mor tit. Men
der var ikke ret mange på min alder i blokken, så jeg
tilbragte det meste af min dag gående ensom rundt. »Du
skal passe på folk, du ikke kender,« sagde mor bekymret,
og jeg husker stadig hendes udslidte ansigtsudtryk, når
hun var midt i den daglige, røde pølse efter de daglige,
nedslidende pligter. »Ja, der findes mange hundehoveder
rundt omkring,« sagde far på sin rå, men alligevel hyg-
gelige måde. »Man skal bare holde sig væk fra dem,«
tilføjede han og gnækkede lidt, mens han kløede sig i
fuldskægget.

Jeg elskede at køre op og ned i elevatoren. Det var skide
skægt bare at trykke på alle knapperne og se hvor man
kom hen. Det bedste var en dag, hvor en gammel mand
pludselig steg på. Den slags er for det første sjældne i
blokken, for det andet gode at drive gag med. »Hvad sker
der her, lille ven?« mumlede han til mig, da vi var kørt
op og ned flere gange. »Jeg skal op og besøge min søn på

tredje sal,« brummede han irriteret. »Det er dog utroligt, at det ikke virker.« Han skulle bare vide...

Jeg begyndte at tænke på blokken som et stort, tredelt landskab med mange personer. Her var masser af folk af alle slags: alkoholikere, narkomaner og rygere. Jeg havde en tegning i hovedet med et kaotisk landskab. Der var personer som røg; gode rygere, onde rygere.

Den værste oplevelse kom en dag, da jeg havde glemt min nøgle til lejligheden. Da jeg skulle på toilettet, blev jeg derfor nødt til at bruge det, som var i gården. Da jeg åbnede døren, blev jeg mødt af et meget chokerende syn. Selvom jeg blev så bange, at jeg straks løb væk, fik det sig indprentet dybt i min hjerne. På gulvet lå der en mand i en pøl af bræk. Han var meget tynd og helt grå i huden. Han vred sig i krampe og hele hans krop dirrede. De følgende mange nætter vækkede mor mig, når jeg lå og skreg. Jeg husker endnu mandens dirrende krop helt tydeligt, hver gang jeg går forbi toiletskuret i gården.

Heldigvis var der også mere behagelige oplevelser. »Vil du med hjem til mig?« spurgte Jesper forventningsfuldt en dag efter skoletid. Jeg svarede straks ja; dels var jeg nysgerrig, dels ville min dag ellers være gået med den sædvanlige rundtur blandt pøblen i blokken.

Der var et godt stykke vej hjem til Jesper. Jeg syntes, at vi cyklede i en evighed. Da vi nåede frem viste det sig, at han boede i et pænt og borgerligt parcelhuskvarter, hvor græsset var trimmet og der sikkert var tyst om aftenen. Hvert hus havde sin egen have, lige modsat blokkens fodboldareal til fælles afbenyttelse.

– Når jeg kommer hjem, vil jeg spørge mine forældre om, hvorfor vi ikke også bor her, tænkte jeg. Men jeg glemte det igen i løbet af den hele dag, jeg tilbragte hos Jesper, og selvom jeg er kommet i tanke om det igen nu, vil jeg ikke spørge, da verden allerede har givet mig svar.

Vi spillede kort. Jesper kunne en hel masse spil, men jeg havde en heldig dag. »Nå, og det var dig, der var så god,« drillede jeg. »Jeg er meget bedre til terningspil,« sagde han undskyldende og triumferede med et billigt smil. Men da han havde tabt i titusind et par gange, var det min tur til at smile. »Jeg giver op!« grinede han og løftede sine arme som en fange, der er ved at blive kropsvisiteret. Derefter gik vi ned til gyngestativet; en luksuriøs anretning som der ikke var noget af ved blokken. Jeg kunne ikke forstå, hvorfor der ikke var andre.

– Hvis jeg havde boet her, ville jeg være hernede hele tiden, tænkte jeg. Her var både klatrestativ, gynger og trapezer. Vi gyngede i det smukke efterårslys indtil Solen gik ned.

Da jeg cyklede hjem gennem byen i mørket, så jeg mange skumle typer og selvfølgelig flere, jo nærmere jeg kom mit kvarter. Jo, her var alt ved det gamle.

På lejrskolen i tredje fik jeg mange nye venner og oplevede naturen for første gang i livet. »Hvad er det her?« spurgte Jesper nysgerrigt og pegede på en skovsnegl. Vi så masser af natur, hvilket var helt nyt for mig. Mine forældre havde aldrig vist mig noget videre natur. Ganske vist havde de tit snakket om, at vi snart skulle ud i naturen, men det havde knebet med handlekraften. »Vi tager ud i skoven på søndag,« sagde mor ofte, når hun kom hjem fra arbejde, men når det blev søndag, var hun enten træt, skulle besøge veninder eller havde bare en hel masse om ørene. »Vi tager nok på vildmarksferie engang,« havde far tit sagt, men det var aldrig blevet til noget. »Det er da godt nok med natur, men engang imellem har vi altså andet at lave,« sagde mor forlegent, hver gang det blev søndag. Men det var nu, først nu, da jeg stod i Jylland med en skovsnegl for mine fødder midt i en fugtig skov, at jeg indså, hvad jeg indtil nu var gået glip af.

»Kom, jeg vil vise dig et hemmeligt sted,« råbte Jesper og vi løb. Skoven blev hele tiden tættere og mørkere. »Sikke mærkeligt her er!« sagde jeg forpustet, da vi stod ved et mørkt sted, hvor der var masser af udgåede fyrretræer. Jesper stod ved siden af mig, og det eneste vi hørte, var vores åndedræt og trækronernes hvisken, når vinden blæste op. Vi gik lidt videre og kom forbi et skummelt blikskur. »Det var her omkring, Kenneth for vild i går. Han blev meget bange,« sagde Jesper med alvorlig mine. Jeg forstod.

På vejen tilbage mødte vi Peter og Kurt, som jeg var ved at blive venner med. »Vil I med ned på stranden?« spurgte de. Vi løb derned og legede i de store klitter. Vi havde det skønt. Jesper satte sig et sted, hvor der var meget langt ned. »Kommer du?« råbte han, men jeg turde ikke sætte mig ned til ham, fordi jeg syntes, sandet var ved at skride, så jeg løb over til Peter og Kurt i stedet. Vi sad og gravede i sandet i den smukke eftermiddagssol. Om aftenen, da vi sad og spiste, dukkede et tredelt rygerbillede op i min bevidsthed. Her var havet med, og det virkede fjernt og længselsfuldt.

»Jeg har ikke længere noget arbejde!« sagde far bedrøvet en dag. »Jeg har fået fyresedlen. Renovationsselskabet er blevet solgt til private, og de har fyret halvdelen af os,« jamrede han. Mor var også helt ude af den. »Hvordan skal vi dog klare os?« spurgte hun desperat.

Jeg vænnede mig hurtigt til, at far var hjemme, når jeg kom fra skole. Han sad i køkkenet, rodede i aviser og drak bajere. Efterhånden som ugerne gik, blev det til flere bajere og færre aviser.

»Nu må du fandeme tage dig sammen!« råbte mor rasende. Far mumlede bare, at hun var en fed kælling. »I morgen går du ned til arbejdsformidlingen og finder dig et job,« kommanderede mor. Far svarede ikke. Han så ikke engang op. Så kiggede mor hen på mig. »Gå et andet sted hen!« sagde hun vredt. Jeg trak mig tilbage. Jeg kunne høre, at skænderiet fortsatte og der til sidst blev smækket med døren. Dernæst hørte jeg, at mor græd.

Da jeg næste dag gik i skole, var det en rigtig møgdag. Alle mine venner var andre steder i frikvartererne. Blot for at hælde salt i såret, blev jeg forfulgt af en lille lorteunge. »Bor du i blokken?« spurgte han mindst ti gange og jeg var i starten så høflig at sige ja. Men så råbte han, at jeg var idiot, fattigrøv og en masse andet, som ikke egner sig til at blive fortalt videre. Da han havde opført sig sådan i lang tid, sagde jeg, at han skulle skride. Da han åbenbart ikke havde intelligens nok til at forstå det, løb mit raseri af med mig og jeg slog ham, til han hylede, så hele skolen kunne høre det.

»Nu stopper du med det der!« råbte inspektøren vredt og trak mig ind til siden. »Du må ikke slå på nogen, der er mindre end dig selv,« formanede han. Dernæst blev jeg slæbt ind på kontoret. »Du skal altså opføre dig ordentligt ligesom alle andre,« sagde han alvorligt. »Du skal sige undskyld til ham nede i hans klasse, mens jeg og hans lærere hører på det.« »Hvorfor skal jeg dog det?« spurgte jeg vredt. »Fordi man skal behandle de små ordentligt,« svarede inspektøren surt. »Så jeg skal altså bare ligge oppe på en lille, lyserød sky og have det så godt, mens han går rundt og provokerer mig?« »Nu må det være nok!« sagde inspektøren bestemt. »Jeg ringer til vores psykolog. Så må du snakke med hende.« Og sådan blev det.

Når jeg ser nogen, der klumper i trafikken, tænker jeg på dengang, da jeg gik i sjette. »Du kommer hjem til mig i dag, ikke?« spurgte Kurt bestemt. Det var tydeligt, at jeg ikke skulle sige nej, hvilket jeg da heller ikke gjorde, selvom far sikkert havde syntes bedre om, at jeg var kommet lige hjem for at bringe ham de daglige bajere.

»Jeg bor derhenne,« sagde Kurt og pegede, da vi var kommet lidt væk fra skolens territorium. Det han pegede på, var en mærkelig, lav barakbygning. Da vi gik ind gennem havelågen, bemærkede jeg straks, at det flød med dimser fra biler overalt. »Har I nogen biler hjemme ved jer?« spurgte Kurt. Lidt forlegent svarede jeg, at vi ikke havde bil. »Men jeg samler på bilnavne, som jeg går rundt og skriver op,« sagde jeg. »Min far er mekaniker,« sagde Kurt. »Han har lært mig at køre. Kan du lide at køre bil?« »Jeg har ikke prøvet at køre en bil selv,« svarede jeg. »Det skal man da kunne!« sagde Kurt uforstående. »Skal jeg lære dig det?«

»Stil tasken, så kører vi!« råbte Kurt. Kurt pegede på en fed Ford, der var møjsommeligt placeret i den alt for lille carport. »Se, det er min fars! Den må vi ikke køre i.« Derefter viste han mig hen til en lille, brun bil, der stod tilfældigt et sted i haven ligesom mange andre ligestillede. »Du sætter dig ind der,« anviste Kurt, efter han selv havde været inde og starte motoren, ved at pille ved nogle ledninger, og pegede på siden med rattet. Så fortalte Kurt, hvad jeg skulle gøre, men det lykkedes ikke lige godt for mig hver gang. Ganske vist fik jeg sat den i bakgear, men så bakkede jeg helt ind i hækken. »Kom igen,« sagde Kurt opmuntrende, men da jeg skulle dreje, gik det heller ikke så heldigt. Jeg kørte ind i en af de andre biler, som stod på plænen. »Pyt, den er kun til reservedele,« konstaterede Kurt anarkistisk.

Endelig lykkedes det mig at komme ud på vejen. Vi kørte ned ad skolevejen og Kurt rakte tunge af alle dem, vi kørte forbi. Ved skolen svingede en bil ud. Jeg kørte hurtigt og fik først bremset sent, så jeg var lige ved at køre op i bilen foran. »Forhelvede da!« råbte Kurt, men kølede hurtigt ned igen. »Prøv om du kan køre lidt mere forsigtigt,« brummede han. I mellemtiden havde jeg bremset helt ned. Nu gik det op for mig, hvem bilen foran tilhørte.

Skolepsykologen kom klaprende ud på sine høje hæle og sendte mig et kunstigt smil, da hun nærmede sig. »Du er nok ude at køre,« sagde hun, så det løb koldt ned af nakken. Kurt bandede lavmælt. Et nyt, forvirret rygerbillede med en masse biler dukkede op for min indre skærm. »Det her må vi se at få snakket om,« konstaterede skolepsykologen med selvtilfreds mine. »Hvem er han?« spurgte hun og pegede ind på Kurt. Da han havde svaret, spurgte hun, hvor vi havde bilen fra. »Den har jeg lånt af min far,« sagde Kurt nervøst. »Der bliver noget at snakke om!« sagde hun alvorligt, men smilede på en afskyelig facon.

Peter havde stået henne ved udhuset sammen med en eller anden fra parallelklassen. Jeg var kommet hen til ham. Han havde vist mig et glas med små, gullige piller og spurgt, om jeg ville have én. Og jeg havde sagt ja.

»Svar så, når jeg taler til dig!« sagde psykologen bestemt. »Slap dog af,« brummede far. Han sad med armene over kors, havde fødderne oppe på bordet og sin gamle læderjakke på. Derudover havde han ugegamle skægstubbe, lugtede af øl og talte på en irriteret, vrængende måde. Da psykologen mødte ham, kunne jeg se, at hun væmmedes, men af ren høflighed bevarede masken.

»Hvem fik idéen til at køre i den bil?« spurgte hun. »Det var vel os begge to,« svarede jeg. Kurt var enig. Far sagde glad: »Knægtene dér er ordentlige mandfolk. Der skal nok blive noget godt ud af dem.« Kurts far istemmede: »Ja, det er jo altid godt med lidt interesse for mekanik.« Kurts far mindede en del om min, både hvad angik udseende, påklædning og humor. Jeg syntes, at psykologen her fik det modspil, hun fortjente, for normalt var hun lidt for overperfekt. »Har du givet dem tilladelse til at låne din bil, Nikolaj?« spurgte hun Kurts far. »Hvorfor skulle jeg dog det; drengene kan jo godt tænke selv!« sagde Kurts far og skraldgrinede. Far hoppede i stolen af ren begejstring. Mor sad sikkert og krummede tæer, hvis der var plads til det i de spidse sko, hun havde fundet frem af gemmerne til lejligheden.

Jeg tænkte på dagen, som snart var gået: Peter havde givet mig pillen. »Du får det fedt,« havde han sagt. Jeg havde taget pillen. Jeg var gået i ekstase. I timerne efter havde jeg ikke kunnet koncentrere mig. »Du plejer at være god til engelsk, men vi kan jo allesammen være lidt sløve her efter sommerferien,« havde læreren sagt. Da jeg havde fri, skulle jeg gå ned til skolepsykologens kontor. På gangen mødte jeg Kurt og hans far. Kurts mor bor et helt andet sted, det har Kurt selv sagt, så hun kunne ikke være med. Til sidst kom mine forældre. Skolepsykologen åbnede døren præcis på det aftalte tidspunkt, men stod et øjeblik og måbede over det blandede selskab. Og så har du ellers hørt, hvordan dagen var gået indtil nu.

»Jeg tror, at mødet er hævet for denne gang,« sagde psykologen. Det havde faktisk ikke været så slemt. Jeg glemte det hurtigt i dagene efter, men det var der andre, der ikke gjorde. Det vil sige en, jeg troede var min ven. En, der gemte sin hjerne i pilleglassets dyb.


»Jeg synes ikke ret godt om Peter mere,« sagde Jesper alvorligt en dag. »Han går og bliver skør af de der piller.« Jesper pegede ud i skolegården, hvor Peter rendte rundt og spillede sej. »Han er som en klump smør,« konstaterede Jesper. »Sådan en er meget nem at forme!« Det var først senere, at jeg forstod, hvad han mente. Men det kom ikke til mig på en behagelig måde.

»Jeg har allerede fordelt jer på nogle grupper,« begyndte læreren. »Da det er meningen, at vi både skal hygge os og få noget godt ud af det her, har jeg sat jer i grupper med nogen, I forhåbentlig spænder godt sammen med.« Jeg kom i gruppe med Peter og Jesper. »I skal i grupperne beslutte, hvad I vil arbejde med. Det skal dog handle om en politisk eller samfundsmæssig krise.« Jeg satte mig hen til Jesper. Peter pjækkede som på det seneste i morgentimerne. »Har du nogen idéer?« spurgte Jesper, hvilket overraskede mig, da han altid plejede at spille ud i den slags sammenhænge. »Nej,« svarede jeg forlegent. Jesper lyste op i sit muntre smil. »Jeg synes, vi skal skrive om børskrakket i New York i 1929,« sagde han roligt med sin sædvanlige, leksikonagtige mine. Sådan blev det, for jeg mumlede et eller andet om, at det var da spændende, selvom jeg dengang ikke vidste noget om det.

Da Peter endelig kom vadende midt på dagen, havde vi allerede været på biblioteket og fundet materialer. »Behøver jeg at læse noget?« spurgte han åndsfraværende. »Ja, vi skal alle sammen lave noget,« sagde Jesper tolerant. »Til i morgen skal du læse lidt, så du ved, hvad det i store træk drejer sig om.«

Da Peter kom lallende næste dag, var bøgerne væk. »Det er din skyld, Jesper,« affyrede han selvretfærdigt. »Det var dig, der tvang mig til at tage det pis med hjem!« »Du skal finde de bøger igen,« sagde Jesper irriteret. Men i stedet begyndte Peter at komme med ondskabsfulde bemærkninger. »Mors drenge,« vrængede han. Det var ikke det han sagde, det var måden, han sagde det på, der gjorde det så ubehageligt. »Lille dengse, kan du ikke klare dig uden en psykolog ved din side,« hoverede han over for mig, da jeg blandede mig i diskussionen. Dernæst generede han mig ved at komme med fornærmelser mod hende, jeg var lun på. Det var som at blive lagt på is.

Jeg mødte hende på vej hjem fra skole. Vi snakkede lidt ligegyldig peptalk om gruppearbejdet, men jeg fik indlistet en bemærkning om Peter. »Har du bemærket, at han ser enormt meget op til Benjamin fra parallelklassen?« spurgte hun med sin søde, feminine stemme. Når jeg hørte den, blev alle problemerne pludselig ligegyldige.

»Hej dengse,« hældte Peter hadsk af, da han mødte mig på gangen en morgen. »Sådan et lille kryb burde ha' bank,« tilføjede han henvendt til Benjamin, som det var tydeligt, at han ville imponere. De udgjorde et markant makkerpar, klistrede altid sammen som ærtehalm og indtog skolen med hård mine på deres stjålne knallerter. Altså på det fåtal af dage, hvor de mødte op. Da Peter skulle hen for at provokere mig, kunne jeg se på ham, at han var meget påvirket. Måske var det rigtigt nok, det der rygte om, at Benjamin havde stjålet en ordentlig omgang stærk medicin på et apotek.

En underlig, meget stille dag. Det var som om, at al aktivitet var forsvundet med temperaturen ned under frysepunktet, på denne stille novemberdag i evigheden. I skolen gik alle rundt i trance og udførte bevægelser, der var forudbestemt for mange år siden. »Jeg har noget vigtigt at fortælle,« sagde læreren. »Vi har her på skolen besluttet, at Peter har skabt for mange problemer. Derfor kommer han snart ud på en specialskole.« Der var tavst i klassen. Jeg fornemmede en vis tilbageholdenhed rundt omkring, men der var ingen, der kom med store følelsesudbrud, hvilket også ville have passet dårligt til den stille dag. »Kommer Benjamin fra parallelklassen også derud?« var der en der spurgte, og læreren bekræftede det.

Mit hoved var meget klart den dag. Jeg havde en direkte tilgang til erindringerne, som jeg kun oplever sjældent. Jeg tænkte på en dag ved stranden i Jylland. Jeg havde siddet og gravet i sandet. Peter havde taget mig med lidt væk. »Vi skal altid være venner,« sagde han. Sollyset var faldet ned på stranden og vi havde set lige på hinanden. Det havde varet et øjeblik. Et øjeblik over jordhøjde, inden vi gravede videre i sandet.

Da jeg kiggede op og så den kolde novemberdag ud af vinduet, var mine øjne fulde af tårer. Men jeg følte intet. Tiden gik og gik bare i den evige rytme. Et delvis muntert, delvis trist rygerbillede var oppe og vende. Fra nu af ville jeg altså ikke se så meget til den provokerende, hadefulde Peter. Men heller ikke den glade Peter, der engang på en strand i Jylland havde manifesteret sit venskab med mig som eviggyldigt.

Hun sad i sofaen og smilede til mig. Jeg rykkede lidt tættere på og kyssede hende på kinden. Jeg lod min hånd glide gennem hendes hår. »Kan du huske, da vi var på lejrskole i Jylland?« spurgte hun på sin sædvanlige, søde måde. »Det kan jeg godt,« svarede jeg. Hun smilede til mig igen. »Vil du med ind på mit værelse?« spurgte hun og rejste sig. Jeg var ikke sen til at følge efter.

Jeg sad ved siden af hende på sengen. Hun tog et fotoalbum ned fra en hylde. Hele hendes værelse bar præg af en perfektionisme, som var ukendt for mig. Alt var sorteret, bøgerne stod i alfabetisk orden, der var ikke et støvkorn at se noget sted. Hun viste mig nogle billeder fra en lejrskole. »Se, det er dig,« sagde hun og grinede. På billedet stod jeg med sod i hele hovedet. »Det var da dig og Peter kastede aske efter hinanden,« forklarede hun. Hvordan kunne hun dog huske det? Et øjeblik kom jeg til at tænke på Peter. Hvordan gik det ham nu? Jeg slog det hen.

Hun stillede fotoalbummet på plads. Jeg lagde mig ned og hun fulgte efter. Jeg strøg hende på kinden. Det mindede mig om engang klassen havde været på museum. Der havde læreren rendt rundt og fortalt om gamle dage. Det eneste jeg husker, var at han fortalte om rygningens historie, hvilket fik fremprovokeret et rygerbillede på den indre skærm. Jeg var nemlig mere interesseret i hende. I et frikvarter fortalte jeg, at jeg syntes godt om hende. Da hun af en eller anden grund syntes godt om mig, tog jeg med hjem til hende for første gang og det var blevet til mange gange lige siden.

Hun kyssede mig og jeg blev straks nærværende igen. »Hvad vil du egentlig være efter skolen?« spurgte hun pludseligt. »Jeg er ikke helt sikker,« sagde jeg lidt tøvende. »Siden jeg var barn har jeg godt kunnet lide at møde nye folk og studere dem nærmere. Jeg har nydt at se de større sammenhænge; at se lighederne i forskellighederne og omvendt.« Hun så lidt desorienteret på mig, men fik snart sit kvikke udtryk igen. »Så burde du måske blive journalist,« foreslog hun. »Det kan godt være. Ellers bliver jeg forfatter eller fotograf,« sagde jeg og tilføjede: »Jeg har faktisk et nært forhold til en forfatter.« »Det har jeg også,« sagde hun og smilede over hele femøren. Lighederne i forskellighederne…

# Del II

Der stod han. Den faderskikkelse, der har ligget latent i hele mit liv: han styrer mine tanker, følelser og rygerbilleder. Han ligger bagved og puster liv i tingene. Min ideologiske fader Rune.

Han var nu fanget af sig selv; ganske vist kun som lidt vandfarve på noget papir, men da jeg også kun er en person af den papirlige slags, gjorde det ikke min glæde mindre, da jeg mødte ham. Nå, ja, jeg må jo fortælle hvor han er, for der er jo så mange personer i dette rygerbillede. Nogle i lyset og andre i mørket. Rune hører til dem i mørket. Men det er han ikke ked af. Hans øjne har vænnet sig til det og den ene plads kan vel være lige så god som den anden. Han er helt oppe i det blå, højre hjørne.

»Det er godt at alt ikke er på toppen; ellers ville der jo ikke være toppunkter,« sagde han smilende, da han omfavnede mig. »Og jeg elsker toppunkter. Som her; toppunktet i denne bog.« »I særdeleshed,« bifaldt jeg. »Det er ekstra rart at møde dig, nu når du har skrevet om mig.« Rune lyste op i et muntert smil. »Jeg har ikke skrevet om dig; jeg har skrevet dig.« Han var nøjagtig som jeg havde forestillet mig: Skør og engageret til mindste detalje.

Men pludselig rimpede hans mund sig sammen. »Spøg til side,« sagde han dystert. »Jeg har skabt dig. Det har været ret svært og jeg har undervejs engageret mig meget. Derfor er jeg nok kommet til at beskrive dig som mere sympatisk, end du egentlig er. Du har haft en pæn håndfuld afsnit til at fortælle om dit liv. Det er også fint, men nu er det på tide, at du prøver noget andet og får set dig lidt omkring. Du skal rundt og møde personer, som du skal skrive om. Og imens vil jeg eksistere som en ting i baggrunden. En ting som du nok ved eksisterer, men som kun kommer op til overfladen en sjælden gang imellem.«

Min krop blev gennemsyret af glæde og nervøsitet på en gang. Nu skulle mine drømme realiseres. Men kunne jeg? Var jeg god nok? Jeg kiggede op på Rune, men i hans ansigt var intet nyt at se. I sit højre hjørne stod han, nærmest som en iagttager, der skuer ud over billedet og ser personerne, hører hvad de snakker om og måske også snakker lidt selv. Sådan en iagttager, som jeg nu skulle prøve at være.

Nu var jeg tændt. Min tvivl var forsvundet som dug for den Sol, der på disse mørke årstider ikke titter så meget frem. Ud i landskabet og møde mennesker!

Rune havde præciseret, at jeg skulle gå efter rygerne, når jeg ledte efter personer til afsnittene. Det handler jo trods alt om rygerbilleder dette her. Jeg skulle skrive om dem og helst også interviewe dem. Men til trods for det var der noget, der nagede mig. Jeg kunne godt tænke mig at finde ud af, hvad der egentlig foregår i hovedet på en ryger.

»Skal det være ryger eller ikke-ryger kupé?« spurgte billetdamen rutineret. »Ryger,« svarede jeg med stor selv-sikkerhed og pustede mig lidt op. Jeg forlod skranken med den tvivlsomme meddelelse »Ha' en fortsat god dag« hængende i ørerne. Et held at dagen indtil nu havde været forholdsvis god.

Jeg fandt den rette perron og rettede lidt på kraven, mens jeg ventede på toget. Jeg tilstræbte at se ud som en mappemand, men vidste at forsøget var kommet for at mislykkes, da jeg ikke havde noget at skvaldre i. Pyt, jeg var jo trods alt ikke kommet for at prale.

Jeg indfandt mig i rygerkupéen. Mine ører var spidset så meget, at de var lige ved at knække. Jeg måtte udføre min mission. Jeg skulle finde den ultimative sandhed om den slags væsener, jeg snart skulle interviewe. Det kriblede i fingrene af fryd, da en blandet masse fyldte toget. Nu skulle jeg finde ud af det!

Røgen gjorde luften i kabinen tyk. Men den ultimative åbenbaring udeblev. Der huserede bare den skuffende sandhed, at rygere snakkede om det samme, når de var sammen her, som når der også var ikke-rygere tilstede. Men der var jo en ikke-ryger tilstede. Kunne rygerne se det på mig? Kunne de se, at jeg kun var en lumsk iagttager, der forsøgte at fravriste dem deres hemmeligheder? Havde jeg spidset mine ører for meget? Lavede de bluf med mig?

Man tager ikke en tur i rygerkupé til Fyn og tilbage igen bare for de blå øjnes skyld. Jeg måtte udføre min mission. Men det var ikke let. Jeg blev døsig. Bare lukke øjnene og så falde hen … nej, det gik ikke. Den eneste måde man kan vide, hvordan det er at være ryger, er ved at være det. »Undskyld, kan jeg låne en cigaret?« spurgte jeg damen overfor og rodede lidt i lommen for synets skyld. »Jeg har glemt mine derhjemme.« Hun rakte mig en, som jeg omgående tændte. Folkene omkring mig gloede, da jeg fik et hosteanfald. Nu havde jeg altså blottet min identitet. Men jeg havde også udført min mission.

Jeg steg af ved Hovedbanegården. Det var blevet fuldstændig mørkt under tilbageturen. Nu stod jeg her med vinden piskende i ansigtet. Jeg gik op ad trappen og fandt læ i den halvt lukkede bygning. Hurtigt fandt jeg skiltet med afgangstider for S-tog. Da jeg havde fået min sag afklaret, satte jeg mig på en bænk for at vente.

»Der er dengsen!« sagde Peter med skadefryd. I det samme sprængtes alle de positive erindringer, jeg havde sparet op om Peter, og tilbage stod kun hans onde latter. Jeg løftede langsomt hovedet og håbede, at min nervøsitet i det mindste ikke sad uden på tøjet. Det syn, der mødte mig, var fuldstændig som forventet.

Lige foran mig stod Benjamin og dermed også Peter, der jo så uendeligt meget op til ham. »Ham har vi da set før,« gnækkede Benjamin og skulede hen på mig. Han behøvede ikke engang at kalde mig øgenavne. Han var den rå type; der var ingen han skulle imponere. Peter gik så tæt på mig, at han nærmest rørte ved mig. »Rejs dig nu, orm, og lad os se hvad du duer til!« udfordrede han og tjattede til mig.

Jeg svedte over hele kroppen. Jeg vidste, at Peter kunne tvære mig ud og lade mig ligge i rendestenen, det øjeblik det skulle være. Hvis det altså kunne tilfredsstille Benjamin. Det så det ud til, at det kunne. »Tag den her, din forræder!« sagde Peter og startede med en til kæben, der fik mig helt ned at ligge. Da løftede Benjamin hånden, hvilket fik Peter til at stoppe angrebet omgående. Han kiggede skuffet op på Benjamin.

Mens jeg lå der, gik noget op for mig, som jeg tidligere havde overset. Benjamin var en leder, fordi han havde mål og både kunne opretholde sin position og lægge planer, der stak langt ud over tilfældige slagsmål. Peter forsøgte derimod kun at imponere med voldsomhed, og det gik derfor aldrig op for ham, at han ikke kunne blive en leder som Benjamin.

»Kom op og stå, knægt,« sagde Benjamin roligt. »Du har jo en forfatter som ideologisk fader og det betyder meget. Hvis han skriver om mig, kan han gøre mig kendt. Det er en af mine ambitioner. Jeg vil ikke bare være en tilfældig slagsbroder i København. Jeg vil gå over i historien. Jeg vil kunne nyde øl, fisse og hornmusik.« Benjamin havde fået et saligt smil om munden. »Jeg vil få Rune til at skrive om dig,« lovede jeg og Benjamin nikkede tilfreds.

Jeg ville igen prøve at se rygere og andre godtfolk i deres hverdag. Denne gang valgte jeg en bustur i myldretiden. Som forventet var bussen stoppet til randen. Det havde været tydeligt allerede, da den nærmede sig i det fjerne. Det blev endnu værre, da jeg og de tyve godtfolk fra bus-stoppestedet blev en del af mængden: Nu var det ikke længere en bus; det var en pøbelmobil!

Alle mennesker flød sammen i en klump. Der var ikke længere individer; man fulgte bare massernes rytme. Man var en del af en stor organisme. Jeg kom til at tænke på en situation fra min skoletid: Min lærer viste os, hvordan vi skulle lave medister. Han stoppede tarmene til det yderste med kødfyld. Han hyggede sig gevaldigt og gryntegrinede hele tiden imens. Hvis der gik hul på sådan en tarm, ville kødet sprøjte ud til alle sider. Det svarede til at åbne dørene i denne bus.

Jeg kom efterhånden længere ned. Her i mobilen havde alle ret meget til fælles: Vi var en klump; en klump af mennesker om man vil. Nu delte jeg plads med et par tøser, der havde ekstraordinært meget til fælles: Deres måde at fnise på, deres strittende, gulerodsfarvede hår, deres irritation over masserne... »Nu må det være nok; jeg hader de her ture,« sagde den ene arrigt. »Det er så varmt, at man kommer til at svede og der er så mange, der skubber,« tilføjede den anden med væmmelse. »Det er lige det, jeg mener,« sagde den første. »Jeg må slå mine forældre for en bil!« For mit indre blik så jeg situationen: »Mor, giv mig en bil!« »Hvad er der dog i vejen, lille skat?« »Der er andre i bussen end mig.«

Efter at have stået og hoveret for mig selv over de andres problemer, faldt mine øjne på en mand. Han greb nærmest instinktivt ud efter sin cigaretpakke med jævne mellemrum, men måtte lidelsesfuld lade den dumpe tilbage i lommen. Når han kiggede sig omkring, blev blikket blot fanget af cigaretreklamen i vinduet. Jeg vidste med det samme, at jeg skulle snakke med ham. Han skulle blive hovedpersonen i dette afsnit. Jeg ville gå tæt på ham, snage i ham og skrive om det med triumf bagefter.

Jeg satte mig i bevægelse. Han var helt nede i den tunge ende, men jeg kunne stadig se ham. Jeg skubbede og maste. Han løftede sin rygsæk og tog den på. Han skulle vel ikke af nu? Nej, der var vist langt til næste stoppested. Jeg var kun få meter fra ham nu. Jeg overvejede at råbe til ham, men lod være. Jeg var jo næsten fremme.

»Hold dog op med at skubbe,« brølede en hidsig kvinde og gav mig en bredside, så jeg væltede ind over et sæde. »Sådan føles det!« sagde hun med skadefryd. Flere andre kæftede også op. I det samme standsede bussen. Jeg fik lige netop rejst mig op. »Hej du der,« råbte jeg ned til manden, men det blev kun hørt af de forkerte. Der blev igen åbnet for kostalden og manden var blandt dem, der kom af.

»Jeg må altså have fat i ham!« sagde jeg desperat til Rune. »Kan du ikke gøre noget?« Rune så alvorlig ud, da han hørte mit spørgsmål. »Jeg har vist allerede sagt, at jeg ikke vil hjælpe dig med opgaven,« svarede han bestemt. »Men det var jo den gimpe, der saboterede det hele,« argumenterede jeg. »Det er det, der sker,« svarede Rune resolut og lagde armene over kors. »Hvis ikke det skulle ske, havde jeg nok ikke skrevet det, vel?« »Kan du så ikke rette det?« spurgte jeg, hvilket jeg selv syntes, var en ret klog idé. »Det har jeg bestemt ikke tænkt mig,« svarede Rune, og jeg bemærkede, at han nu lød sur. »Jeg retter kun det, jeg ikke kan lide, og den scene synes jeg altså godt om.« »Du skal ikke spolere alting for mig,« indskød jeg vredt. »Hør nu her,« sagde Rune med påtaget ro. »Du skal lære at tænke lidt logisk.« »Det skal fedt hjælpe,« sagde jeg ironisk. »Sket er sket; det er kun dig, der kan ændre på det.« Rune sukkede dybt. »Prøv at tænke sådan her: Er manden forsvundet for evigt? Nej, vel. Hvor kan man måske træffe ham igen?« Rune holdt en pause og kiggede forventningsfuldt på mig. Da jeg indså, at han ikke agtede at fortsætte, blev jeg nødt til at svare. »Det kan jo være, at han tager den samme bus hver dag,« foreslog jeg forsigtigt. »Netop,« sagde Rune. »I morgen prøver du din teori af.«

Jeg steg på bussen. Belært af tidligere fejltagelser gav jeg mig til at lede efter ham med det samme. Jeg forsøgte også at skubbe mindst muligt. »Leder du efter nogen?«

spurgte en pige venligt. Hun havde mørkt hår, brugte briller og så ret sød ud. »Nej, jeg har bare set, at der er bedre plads i bagvognen,« mumlede jeg og styrede dernedad. Jeg kom frem uden problemer. Mit humør steg. Kom bare an, kammerat, jeg står klar her. I det øjeblik du stiger af, følger jeg efter. Jeg vil ikke skjule det, men høfligt spørge: »Undskyld Hr. Må jeg tale med Dem?« Det kriblede i mine fingre af fryd. Jeg glædede mig vildt til at få fat i ham.

Jeg stod åndeløs og fulgte situationen. Han var lige steget på og jeg koncentrerede mig om ham til fuldkommenhed. Mine øjne fulgte ham hvert eneste sekund. Bussen var på vej ud fra stoppestedet. Pludselig var der en eller anden, der trykkede på stop. Af en mærkelig grund fik det chaufføren til at holde midt på vejen og åbne dørene. Hurtigt gik det op for mig, at jeg havde rørt knappen ved min side, da jeg kun tænkte på manden. Jeg blev, hvor jeg var, og håbede at han ville køre videre. Men han blev holdende. Min nervøsitet steg.

–Jeg står ikke af her, om han så bliver holdende i et kvarter, tænkte jeg stædigt. På mit armbåndsur kunne jeg se, at der allerede var gået et minut. Jeg ventede på initiativ fra chaufføren. Det kom, men på en anden måde, end jeg havde ventet. »For at overholde sikkerhedsreglerne... lukke en klap,« mumlede chaufføren. Forhelvede da!

Efter det var lykkedes den forbandede chauffør, at gøre mig nervøs, måtte jagten jo fortsætte. Jeg lod øjnene vandre ned gennem bussen og så til min tilfredshed, at manden stadig var med. Jeg vidste, at han snart skulle af, og så at han kom ned mod mig.

Han steg af og jeg fulgte efter. Fra min plasticpose tog jeg interviewbåndoptageren op. Det var en klassisk Uher Report, som jeg havde lånt af Rune. Jeg tog remmen om halsen, tilsluttede mikrofon og startede optagelsen. »Undskyld, må jeg spørge Dem om noget?« sagde jeg diskret til manden og stak mikrofonen op i fjæset på ham. »Spørg løs,« kom det prompte med en hul stemme. »Jeg skriver om rygere,« forklarede jeg. »Jeg bemærkede dig i bussen i går, men kunne ikke komme til at tale med dig.« Han kiggede på mig og skraldgrinede. Den klump, jeg havde i halsen, blev forværret. »Jeg så dig godt,« sagde han. »Du var helt til grin, da du væltede rundt mellem sæderne. Jeg hørte, at du råbte, men skyndte mig at skride.« Vi gik lidt i tavshed, indtil jeg tog initiativ til fortsat samtale. »Jeg vil hellere snakke, når vi kommer hjem til mig,« sagde han. »Fik jeg i øvrigt fortalt, at jeg hedder Povl?«

Vi gik op ad en lang, skummel trappe og nåede til sidst frem til Povls lejlighed. Vi gik ind gennem et lille, smalt køkken. Der var meget tilrøget. På væggene hang der gamle fodboldplakater. Povl pegede på et fotografi. »Det er mig, der sidder yderst til højre. Ham til venstre for mig er Erik. Han kommer nok forbi i dag.« Povl fjernede et gammelt filter fra kaffemaskinen og satte ny kaffe på. »Du kan sidde inde i stuen,« opfordrede han og pegede. Stuen var pænt stor, men der var ikke ret mange møbler. Ligesom resten af lejligheden var væggene klistret til med plakater. Jeg placerede mig i sofaen. Povl kom ind med kaffen og bød mig. Det ringede på. Povl lukkede op.

»Hej Erik,« sagde han. »Hvordan skær den så?« spurgte Erik. »Den er skarp. Jeg har besøg af sådan en forfatterfims, som vil snakke om rygning, men han er sgu en meget fin fyr.« »Jeg har lavet udendørs arbejde på en facade hele dagen,« sagde Erik træt. »Åh, shit. Det er godt, at jeg er på kursus i øjeblikket,« sagde Povl. »Det er sgu ikke til at arbejde udendørs i det her vejr.«

»Drikker du øl?« spurgte Povl og knappede et par stykker op. Mens vi drak fortalte Povl og Erik vittigheder, så jeg hele tiden fik øllet i den gale hals. »Går du i byen og drikker nogle bajere i weekenderne?« spurgte Erik. »Det sker da,« svarede jeg. »Den slags er sgu sjovere end det daglige rutinearbejde,« grinede Erik. »Skål!« »Det er rart, at det endelig er fredag. Så skal jeg sove længe i morgen,« sagde jeg. »Det skal jeg bestemt også. Jeg er tømrer og det er ikke altid lige fedt. Jeg har simpelthen arbejdet røven ud af bukserne i denne her uge,« sagde Erik og tilføjede ironisk: »Jeg er jo ikke på kursus hele tiden ligesom Povl...«


»Ryger du, Erik?« spurgte jeg. »Det kan du lige tro... men ikke ret mange. En last skal man jo have.« »Hvorfor begyndte du at ryge?« »Da jeg gik på Teknisk Skole, var der mange rygere og de fik mig til at begynde.«

Sådan kørte det, og jeg havde hele tiden på fornemmelsen, at jeg var på vildspor. Jeg frygtede, at det bare skulle blive et ligegyldigt interview som de værste i lokalaviserne. Der står hver uge historier om den lille mand mod det store system, hvor væsentlige spørgsmål om mandens liv bliver tonet ned til fordel for latterlige detaljer om hans væremåde. I den stil var mit interview om rygning endt og det var ikke godt.

»Tak for interviewet,« sagde jeg høfligt til Povl og Erik. »Det var da ingenting,« svarede de, og jeg vidste, at der nok var mere mening i de ord, end det var tiltænkt. Jeg løb ned ad trapperne fra Povls lejlighed. Udenfor var der helt mørkt og det regnede. Jeg småløb ned til busstoppestedet. Klokken var næsten fem. De små to timer, jeg havde været hjemme hos Povl, var vist givet meget godt ud. Bare jeg dog ikke havde befundet mig på lokalavisniveau…

Jeg var ret træt, da jeg låste mig ind i mine forældres lejlighed. Der var ikke nogen hjemme endnu. Mor ville først få fri fra børnehaven om en times tid, og far havde aftenvagt på sit nye job hos en alarmcentral. Jeg så med tilfredshed, at min avis var kommet. Jeg tog den med ind i stuen, satte mig i en stol og bladrede op i første sektion. Et par sider inde var der et interview med en fysiker, som fortalte om sin motivation til at forske. Det var et veludført interview, hvor journalisten havde gode spørgsmål og offeret tilsvarende fortællelyst. Det var interview med mening. Jeg blev næsten helt misundelig, men det gav mig samtidig motivation til renskrive mit eget interview.

Først hørte jeg båndet med interviewet igennem og tog lidt notater undervejs. Dernæst gav jeg mig til at brygge artiklen sammen. Det var nemmere sagt end gjort; pennen gik i stå allerede midt i første linie. Efterhånden fik jeg dog skrevet lidt: »Jeg ville beskrive en person fra hverdagen. Jeg mødte et typisk hverdagsmenneske. En eftermiddag i december besøgte jeg ham.« Jeg stoppede op og syntes, det lød forkert. Hverdagsmenneske? Min opgave var, at jeg skulle skrive om rygere. Jeg syntes i grunden, at det var et dybt latterligt udvælgelseskriterium. Tænk at udvælge sådan en gruppe på cirka en tredjedel af Danmarks befolkning, der ikke havde noget tilfælles udover rygningen! Jeg ville ringe til Rune og høre, om han virkelig syntes, det var rimeligt.

»Rune her! Hvem der?« lød det fra den anden ende af røret. »Synes du virkelig, at det er rimeligt, at koste mig rundt for at tale med folk, der blot skal være rygere for at kunne deltage?« »De behøver heller ikke absolut at være rygere,« sagde Rune med irriterende lethed. »Hvis du finder nogle spændende personer, som ikke er, skal det ikke holde dig tilbage.« »Okay, jeg prøver igen,« sagde jeg surt og lagde på.

Ganske vist kan man være heldig, men når inspirationen ligefrem selv opsøger én, er det mere, end man normalt kan forlange. Ikke desto mindre skete det, da jeg en aften i januar havde skrivestop.

Det bankede heftigt på døren. Jeg vidste, at det ikke var mine venner, der gik amok med dørhammeren på den måde, så jeg kunne regne ud, at det enten måtte være en febrilsk vaskepulversælger, eller nogen der febrilsk ville tigge mig om penge. Jeg stod lidt ved døren og ventede, indtil bankene lige var holdt op. Så åbnede jeg. Det gav et gib i den sælger, der stod og ventede på sit bytte. Som det skulle blive meget svært for ham at fange! Han havde et bredt ansigt, så der var plads til et plat sælgersmil, og det korte hår var sat op med gelé. Men jeg forstod ikke, hvorfor han havde et meget hurtigt, hivende åndedræt. Var han virkelig så ophidset over de produkter, han gik rundt og solgte?

»Vil du ikke låne mig to smøger?« spurgte han, og jeg bemærkede endnu engang det hivende åndedræt. Jeg havde åbenbart taget fejl. Han var ikke pådutter, men afkræver! »Det vil jeg gerne,« sagde jeg roligt og kiggede undersøgende på ham. På et sekund blev denne taber, der absolut skulle lave sit tabertrip ved min gadedør, forvandlet til en lalleglad køter, der savlede efter sit kødben.

»Men jeg kan ikke, for jeg ryger ikke,« tilføjede jeg og så den lalleglade køter blive til en ægte taber. Jeg bemærkede, at hans åndedræt igen blev hivende. »Så undskyld forstyrrelsen da,« fik han fremstammet og løb sin vej.

Jeg kiggede med fornyet håb på rygerbilledet. Øverst i midten sad der en mærkelig ryger, der virkede ret desperat. Rune har sagt, at det er »Rygeren Der Nosser I Det«. Pludseligt indså jeg, at det var ham, jeg havde haft besøg af. Nu manglede jeg bare skeptikeren til venstre og nørden til højre. Da jeg ikke turde håbe på, at også de ville komme anstigende, planlagde jeg en tur ud i landskabet for at møde dem. På et stykke papir skrev jeg:

Nørd: Findes bedst hjemme foran skærmen eller andre steder med (nye) computere.
Nævner: Computere.

Skeptiker: Findes alle de steder, hvor der måske kan blive noget at kritisere.
Nævner: Problemer.

Fællesnævner: Computerforretninger. Her er der computere, hvilket tiltaler nørden. Desuden er det muligt, at en skeptiker dukker op og udfylder sin funktion.

I computerforretningen var der selvfølgelig ingen ledige ekspedienter. Det passede mig fint, for jeg skulle intet købe, og det gav mig tid til at fotografere. Op af tasken tog jeg kameraet frem. Det var et stort, gammelt Minolta, som jeg havde lånt af Rune. Det var fremragende, bare ikke til diskret fotografering. Mine øjne fandt et passende motiv: En sælger og en mand med rynkede bryn. »Behøver det at være så dyrt?« spurgte den skeptiske mand. »Jamen, det er jo fremtidens teknik...« Hurtigt fandt jeg et passende objektiv til kameraet, indstillede belysningen og fokuserede. »Det er ikke rigtigt, for det kortet gør, er jo at...« brød en spinkel mand ind i samtalen, hvilket fik skeptikeren til at klø sig i skægget og sælgeren til at se forlegen ud. Klik! Det var hjemme! Mit ultimative reportagefoto, hvor både nørden og skeptikeren var med. Nu manglede jeg bare en ultimativ artikel, der kunne tage dem med bukserne nede!

Jeg fulgte med i samtalen på nærmeste hold og forsøgte at provokere holdninger frem. Nu skulle det være! Mit mål var at få hele dynen udgivet i en avis.

Problemerne blev imidlertid hurtigt løst. Skeptikeren og nørden grinede lidt og gik hver til sit. Ligepludselig indså jeg, hvor latterligt det hele var. Jeg forlod butikken. Hvordan havde jeg mon fundet på, at jeg kunne skrive en genial artikel over en ligegyldig, smålatterlig situation i en butik?

I forbitrethed åbnede jeg kameraets bagvæg og lod filmen slikke sollys. Det kan vi mennesker godt lide, så jeg håbede, at den også kunne. Ellers ville den blot slippe af med situationen fra butikken. Når Rune ser den fremkaldte film som en sort streg i luften, vil han sikkert ryste på hovedet og sige: »Du godeste!« Men det kan jeg vel ikke tage mig af?

Jeg så et nyt rygerbillede. Det var dog fuldstændig latterligt! Nogle platte ansigter, blandt andet et skævvredet, var spredt ud over papiret. Nu ville jeg sige fra overfor Rune! Det her var gået over stregen. Jeg ved godt, at den Rune jeg snakker med, er en forenklet udgave af den menneskelige Rune, og at han derfor har et fortrin frem for mig, der jo kun findes på papiret. Men når du, kære læser, læser mig, bliver jeg jo levende.

»Tror du virkelig, at læserne gider følge med, når det hele går op i mine besværligheder med at lave interviews?« spurgte jeg. »Forhåbentlig. Det er jo trods alt stadig mig, der skriver det her,« sagde Rune og grinede på sin sædvanlige, upassende måde. Hvor irriterende! »Er du sikker på det?« spurgte jeg, men fik kun et åndssvagt ansigtsudtryk som svar.

Et øjeblik kunne jeg tydeligt se, at han fik en idé. »Jeg savner en historie om *Landet På Den Anden Side.*« Hvad mente han mon med det? Skulle jeg nu smutte til Sverige og interviewe folk derovre om rygning?

»Jeg synes, at du strammer den!« sagde jeg. »Det gør jeg da ikke!« svarede han uforstående. »Jeg kan vel gøre, hvad jeg vil?« spurgte jeg ophidset. Rune grinede. »Husk på, at det stadig er min pen, der hænger over dit hoved!« »Det kan du sagtens sige!« protesterede jeg. »Det er jo netop det, jeg gør. Men vi mennesker er heller ikke så frie, som du tror!«

Godt, det endte da med, at jeg skrev om Landet På

Den Anden Side. Men hvilken side, hvilket land? Jeg blev grebet!

»I Landet På Den Anden Side er det kattene, som er varselsskilte. Det er alle de vigtige fordelt på sort, hvid, grå, beige og et par stykker til. De uvigtige er blot alle de sædvanlige formaninger, som man i mangel af bedre altid placerer i vejkanten. Det siger sig selv, at de ikke er rigtige varselsskilte. De bliver jo stående, hvor de står, og derfor er det følgende muligt at bestemme, om man den pågældende dag vil køre forbi et bestemt varsel eller ej.

Men kattene! Det er noget helt andet. Et varsel kan dermed dukke op af ingenting, eller i hvert fald når man mindst venter det. I Landet På Den Anden Side afhjælpes et varsel ikke af, at man spytter et eller andet sted hen; den slags adfærd hjælper kun til at svine tøjet. Varslerne er heller ikke entydige. Det er ikke meningen, at man nemt skal kunne afværge den portion ulykke, der er tildelt én den pågældende dag, for let. Eller suge til sig af lykken, hvilket vil føre til, at de mindre kloge skal sidde tilbage med den ulykke, ingen kloge tager på sig. Nej, varselsskiltene skal skabe spænding eller uhygge, alt efter synspunktet, med hvilket formål skulle de ellers vandre rundt, når man mindst venter dem?«

Efter jeg havde skrevet det, følte jeg mig godt tilpas og gik i seng. Jeg havde nogle mærkelige drømme, som jeg forventelig nok ikke kunne huske ret meget af morgenen efter. Da jeg kiggede på det, jeg havde skrevet, virkede det falmet. Det fremkaldte ikke den begejstring, jeg havde følt, da jeg skrev det.

»Det var, som jeg ville have det,« sagde Rune. »Det er jo også dig selv, der har skrevet det,« sagde jeg surt. »Kunne du ikke i det mindste være lidt kritisk.« »Jeg er da kritisk,« svarede Rune. »Den lille historie er ikke blandt mine bedre, men helt dårlig er den da ikke.« »Du ved godt, hvad jeg vil have!« sagde jeg bestemt. »Det vil jeg give dig,« svarede Rune. »De næste par afsnit lader jeg dig slippe for min ånde i nakken.« Jeg var skeptisk, men i det samme slørede Rune ud. Jeg stod tilbage, jeg var fri.

## Del III

Jeg var alene i mine forældres lejlighed, da telefonen ringede. Med modvilje gik jeg hen og tog den. Mit humør blev dog bedre, da jeg hørte, hvem det var. »Hej, det er længe siden,« sagde hun. »Kommer du over til mig i dag?«

Jeg gik i bad, skiftede tøj og forlod hurtigt blokken med godt humør. Hun boede heldigvis ikke ret langt væk, selvom det var i et meget anderledes kvarter. Da hun åbnede døren til det store parcelhus, kunne jeg straks mærke den friske duft af hendes deodorant. »Hej,« sagde hun glad, mens hun omfavnede mig. Vi gik som altid ind på hendes værelse. »Se, jeg er blevet optaget på samme gymnasium som dig,« sagde hun med barnlig lethed og viftede mig om næsen med et stykke papir. »Vil du i øvrigt stadig gerne være journalist?« spurgte hun. »Nej, det har jeg ikke længere lyst til. Jeg har fået nok af den branche.« »Hvad så med forfatter?« fortsatte hun. »Vi får at se, hvad det ender med,« sagde jeg. »For mit vedkomne ender jeg forhåbentlig med at blive arkitekt,« sagde hun. »Så vil jeg designe en blok, der er værd at bo i.« »Jeg tager et forsidebillede af den til New York Times,« supplerede jeg. »Dine forældre må skrive sig op til den i god tid,« sagde hun. »Du kan tro, at der bliver kø!«

Jeg stod foran eksamenslokalet som et symbol på, at min folkeskoletid snart var ovre. Jeg kiggede rundt på mine klassekammerater, som alle var nervøse inden den skriftlige prøve. Jeg havde en følelse af, at der var noget der manglede. Måske var det bare fordi, det så snart var forbi. Lige pludselig dukkede Peter op på min indre skærm og jeg kunne ikke få ham væk igen. Som altid begyndte det at vrimle med blandede erindringer fra tidligere. Jeg vidste, at jeg ikke skulle være nostalgisk, men kunne ikke ryste det af mig.

Eksamenslokalet blev åbnet og jeg satte mig ved et af de sirligt opstillede, grønne borde. Først skulle inspektøren og en strid dame fra kontoret fortælle os, hvordan man skulle opføre sig. Dernæst skulle selv samme lige læse opgaverne igennem for os og endog fortælle, hvad billederne i eksamensopgivelserne forestillede… Endelig kunne jeg begynde at skrive. Jeg fandt et godt emne og lod ordene vælte ned på papiret. Efter en halv time fik jeg lyst til at spise mine medbragte, franske kiks. Jeg åbnede inderposen, som bestod af stram aluminiumsfolie, og det lykkedes dermed at påkalde mig hele salens opmærksomhed. Det blev ikke bedre, da jeg puttede en af de sprøde kiks i munden. De tilsynsførende begyndte at veksle blikke. Jeg sank i en fart og skrev videre. Lidt efter blev der skiftet tilsynsførere. En af de nytilkomne hostede nærmest demonstrativt hvert femte minut. Jeg begyndte at kigge over på en af mine klassekammerater, der sad og så helvedes ambitiøs ud. Han skulle allerede til indskrivningen! Lynhurtigt skrev jeg kladden færdig og greb min fyldepen. Det var en desperat kamp. Hver gang jeg skrev en linie, skrev han fem. Han tog ikke engang notits af mig. Jeg var forbavset, da jeg endelig, med blodet susende i årerne, blev færdig før ham. Jeg kender godt alle de politisk korrekte remser om, at man altid skal læse tingene igennem, inden man afleverer, men efter denne kamp kunne jeg ikke bare blive siddende og rette fejl. Derfor kaldte jeg på en tilsynsførende. Først stod han til min store irritation og læste hele min stil igennem. Da jeg endelig sagde, at jeg ville aflevere, svarede han blot: »Det skal jeg lige spørge inspektøren om.« Da han kom tilbage, ville han da selvfølgelig gerne tage imod stilen… Jeg pakkede hurtigt sammen og forlod lokalet.

Udenfor kunne jeg omsider slappe lidt af. Umiddelbart derefter kom to af pigerne ud. Først snakkede vi lidt om eksamen. Dernæst snakkede de videre om personer de havde mødt, om oplevelser. Jeg ved ikke, hvad der skete, men jeg følte, at deres samtale fik en meget stærk intensitet, som både rakte fremad og bagud i tid. Samtalen blev gradvist om mindre ting – den gled ud i brokker. Men jeg havde stadig en fornemmelse, der var så stærk, at jeg dårligt kunne trække vejret. Fornemmelsen af at jeg havde strejfet meningen med menneskers liv. Nogle andre kom ud fra eksamenslokalet og samtalen var forbi. Snart begyndte jeg min vej hjemad.

Der var regn i luften. Da jeg kom hjem, var jeg heldigvis alene. Jeg varmede mig noget mad og spiste. Men hele tiden var mine tanker andre steder henne – de kredsede om de to pigers samtale, om mit eget liv og om menneskers liv i det hele taget. Efter maden blev jeg siddende. Jeg kedede mig ikke, havde ikke noget behov for at blive underholdt, jeg sad bare og tænkte.

Et par timer senere gik jeg i seng. Jeg drømte flygtigt om pigernes snak, om alle mulige og umulige personer og til sidst en absurd handling: Mine forældre og jeg var taget på tur i Sverige og havde Runes gode, gamle Akai båndoptager med. Vi ville gå en tur i skoven og blev enige om at lade båndoptageren stå på det bord, hvor vi lige havde spist frokost. Mens vi gik gennem skoven, hørte vi mærkelige samtaler: »Hvorfor står der en båndoptager i denne skov?« »Jeg ved det ikke, jeg havde heller ikke forventet at finde sådan en her!« Vi gik over en bro, hvor der stod en masse mennesker. Fra broen kunne vi se, at en mand smadrede båndoptageren mod en klippe. Far skulle til at slås med ham, men lod være, fordi mor gerne ville se hans keramik. Far spurgte: »Må man ikke tage båndoptagere med til Sverige?«

Jeg vågnede tidligt næste morgen. Jeg kunne høre, at mor rumsterede i køkkenet og at far stadig sov efter natarbejdet. Det virkede hyggeligt, familiært, som at være barn igen. Solen skinnede ind af lejlighedens vinduer. Kort sagt: Der var intet at være utilfreds med.

# Drikkebilleder

Den nye Jantelov bruges for fulde damp hver dag. Hver gang man fortæller folk noget tankevækkende eller smukt, så kigger de misbilligende på én og spørger: Hvad skal det bruges til?

De første mange år forsøgte jeg pænt, at svare på dette spørgsmål. Men mine svar forvirrede tilsyneladende folk endnu mere. Måske spurgte de igen: Jamen, hvad skal det bruges til? Efterhånden indså jeg, at det slet ikke var meningen, at jeg skulle svare. Spørgsmålet var blot en indikation af, at folk syntes, jeg burde blive en produktiv samfundsborger, der ikke bare fjollede rundt og skrev noveller. I lang tid overvejede jeg da også at blive nyttig, indtil jeg forstod, at forsøget var kommet for at mislykkes. Jeg indså, at man dybest set ikke kan foretage sig noget, der kan bruges til noget. Man kan selvfølgelig bygge en vej, men hvad skal den bruges til? Jo, så kan der køre en masse osende biler rundt og man kan tjene penge. Disse penge kan enten bruges til at købe noget til hovedet, for eksempel denne novellesamling (men som vi tidligere har vedtaget kollektivt i rundkredsen på arbejdsformidlingen, kan noveller ikke bruges til noget). Eller også kan man købe noget til maven, nemlig mad. Det kan man bruge til at opretholde livet. Men hvad skal man bruge livet til? Dette er det essentielle spørgsmål, som hvert menneske må svare på for sig.

Jeg fandt ud af med mig selv, at mine noveller var det bedste, jeg kunne bruge mit liv på. Så kunne folk sige, hvad de ville!

Men en lille mus som jeg kunne godt blive i tvivl. Det ville nu alligevel være rart, hvis samfundet betragtede mig som nyttig. Jeg besluttede derfor demonstrativt, at jeg nu ville lade som om, at jeg lavede noget brugbart. Jeg ville sågar spille spillet overfor min ideologiske fader Rune. Så kunne jeg få fornøjelsen af at tvære ham ud, ved at stille ham spørgsmålet: Hvad skal det bruges til?

Først måtte jeg lægge en ordentlig plan, der kunne få det til at virke, som om jeg faktisk var blevet nytte-rationalist på mine gamle dage. Jeg besluttede mig for, at mine noveller fremover skulle indeholde noget politisk Mumbo-Jumbo. Så ville banen være kridtet op til en ordentlig diskussion med Rune.

Jeg satte mig hen til papiret og tog fat. Det meste jeg skrev, var en blanding af nonsens og retorik, som jeg dårligt selv kunne stå inde for. Men hvis jeg kunne bruge det til at lokke Rune i gyngen, ville meget være nået.

»Var der noget? Jeg hørte, at du kaldte.«

Rune var trådt ud af tågen og stod nu måbende i mit lille hummer.

»Ja, jeg har skrevet en ny tekst. Jeg er selv ret tilfreds med den.«

Rune lyste tydeligvis op og snappede papiret ud af hånden på mig.

»Den glæder jeg mig meget til at læse. Du plejer at skrive sådan nogle spændende historier. Jeg er faktisk misundelig på dig, for mit skrivetalent ophørte i 12-årsalderen, mens dit tilsyneladende bliver ved og ved.«

Den høje skikkelse satte sig ned ved mit lille spisebord og krummede sig sammen over papiret. Da han var færdig med at læse, rettede han sig op og så dybt skuffet ud.

»Du er vel nok blevet voksen, kan jeg se. Du vil skrive om emner, som er store og vigtige, men det bliver bare ynkeligt! På samme måde havde jeg det, da jeg kom i puberteten. Som barn kunne jeg skrive nogle gode historier, uden hele tiden at have en masse mentale filtre kørende i baggrunden. Siden da har jeg kæmpet *forgæves* for at få den tilstand tilbage.«

Rune sukkede dybt og sank sammen. Jeg var klar til et oprør for oprørets egen skyld og kom undervejs til at indleve mig så meget i det, at jeg næsten glemte mine egne synspunkter.

»Jeg mener, at litteratur skal have et politisk budskab. Litteraturen skal være et redskab, som bruges til at opbygge et mere retfærdigt samfund.«

Rune lod sig ikke genere af min bredside. Han tænkte et øjeblik og svarede beslutsomt.

»Jeg mener ikke, at det er nogen litterær kvalitet i sig selv, at have et politisk budskab. Der findes ganske vist gode værker med sådanne budskaber. Det er imidlertid kun meget store forfattere, der kan slippe levende afsted med at skrive politisk, så det holder jeg mig klogelig fra.«

Sikke et arrogant svar, syntes jeg. Imens stod Rune bare og grinede. Jeg glædede mig, med morderisk intention, til at fyre det spørgsmål af, som irriterede mig selv så meget.

»Hvis det, du skriver, ikke er politisk, kan jeg ikke se, hvad det skal til for. Hvad skal det bruges til?«

Nu livede Rune tydeligvis op. Hvis jeg havde stået i hans sko, ville jeg nok have været sur i stedet.

»Netop spørgsmålet *Hvad skal det bruges til?* er efter

min mening det mest intetsigende i denne verden. Hvad skal man bruge livet til?«

Han kiggede skarpt på mig, men ikke uvenligt. Jeg blev nødt til at svare ærligt.

»Det har jeg faktisk også tænkt på. Øh … Jeg vil skabe mere kærlighed mellem mennesker.«

Et smil trådte frem på Runes læber. Han havde mig i sin hule hånd nu.

»Ser du, hvad jeg mener?« spurgte han retorisk og fortsatte med en lang smøre.

»Jeg ønsker dig held og lykke med dit projekt. Kærlighed mellem mennesker er jo vigtigt. Men strengt taget kan det ikke bruges til noget. Du kan jo ikke gå hen til kiosken og købe for 7 kroner kærlighed, vel? Du vil snart opdage, at alt det, som betyder noget for os mennesker, ikke kan bruges til noget.«

Rune lyste op i sit triumferende grin. Han havde vundet, det var der ingen tvivl om. Jeg måtte indrømme, at de synspunkter jeg havde fremført, ikke var mine egne. Rune afslørede nu, at han hele tiden havde vidst, hvad jeg virkelig mente.

»Det er mig, der har sat dig i verden som nogle flotte mønstre på papir. Derfor er du også ambassadør for mine synspunkter. Jeg lod dig få lyst til et lille oprør, for at vise mine synspunkters styrke, men dybest set er vi enige om alt.«

Jeg sank en klump. Alle vil jo gerne have deres egen identitet, så det var ikke særligt rart at vide, at min bare var forhåndsprogrammeret. Føj. Det svarer til, når unge mennesker opdager, at de i virkeligheden bare er som deres forældre.

»Jeg har i øvrigt en opgave til dig. Du skal få lov til at skrive igen, bare det ikke bliver sådan noget rævepis, som det du leverede i dag.«

Jeg nåede lige at se op på Rune, inden han forsvandt. Jeg burde skrive, men ville egentlig hellere sove. Så jeg sov og jeg sov og jeg sov.

Da jeg vågnede igen, besluttede jeg mig for at kaste et lille tilbageblik på mit liv. Hvis det keder dig, kære læser, kan du jo bare springe dette afsnit over. Men jeg vil i stedet anbefale, at du læser videre her. Så kan du nemlig se, hvad forskellen er mellem en intellektuel fritænker og en åleglat businessmand.

Da jeg var helt lille, var jeg mest fascineret af, at opstille mit legetøj i sirlige mønstre. Det lykkedes mig at danne en stjerne på gulvet af alle mine legetøjsbiler. Men selvfølgelig kunne de voksne ikke forstå det. Min overgearede, rødhårede onkel kom straks rendende.

»Du skal sgu da ikke bare have bilerne stående på gulvet. Nu skal du se, hvad sunde drenge bruger biler til!«

Han greb et par af bilerne og trak dem hen ad gulvet, mens han udstødte fjollede lyde. Hvor tåbeligt! Jeg forlod straks værelset og gik udenfor. På legepladsen fandt jeg en bunke blade. Jeg begyndte at lægge dem i et mønster, så de dannede mit navn. Jeg valgte omhyggeligt blade af forskellig farve og slags til hvert af bogstaverne i navnet. Men ak!

»Du skal ikke rode i fejebunken, knægt. Man kan jo dårligt nok have frokostpause, før der er svineri over det hele.«

Parkbetjenten var lille og tæt. Han lugtede på samme måde, som når far havde været til julefrokost.

»Men det er jo et flot mønster, det er faktisk mit navn,« protesterede jeg.

»I min tid lærte man børnene at udføre nyttigt arbejde. Børn lærer noget af at muge ud i stalden, det har jeg jo altid sagt! Alt det skolehalløj med farver og mønstre er jo bare noget nymodens pjat.«

Jeg satte i løb, mens jeg glædede mig til at komme i skole. Dér kunne det være, at man kunne få lov til at være lykkelig, uden at skulle tænke på, hvad det kunne bruges til!

Jeg havde da rent faktisk et par lykkelige år i de små klasser. Somme tider kunne mine lærere ikke forstå, hvorfor jeg stirrede på et bogstav i timevis eller læste den samme passage i bogen igen og igen. Men de lod mig være, for jeg var jo et barn.

I de store klasser indfandt min kvalme sig igen. Lærerne begyndte at snakke om eksamen og det lød uhyggeligt.

»Det her skal I kunne, for det får I brug for til eksamen,« kom det tit fra katederet.

Jeg var grundlæggende uenig og er det stadig. Man skal naturligvis lære for at blive lykkelig, ikke for bare at bestå en eller anden fjollet eksamen. Man bliver lykkelig af at kunne planeternes navne, eller kende fuglenes stemmer. Den slags kan jo ikke bruges til, at blive en arbejdsrobot i samfundets tjeneste. Derimod kan man blive et helstøbt menneske af det. Men det kunne lærerne ikke forstå.

»Han virker særdeles intelligent, men er tilsyneladende ikke interesseret i at indlære nyttige kundskaber,« stod der i mit skudsmål fra skolen.

Jeg var på det tidspunkt overbevist om, at jeg ville være astronom eller forfatter. Dette var de to eneste erhverv, hvor jeg følte, at jeg kunne bevare mine frie tanker. Desværre var min fysiklærer i gymnasiet kun interesseret i at fortælle om alskens teknik, biler, køleskabe og vaskemaskiner. Han kunne ikke forstå, hvad jeg ville læse astronomi for. Selvom jeg fik gode karakterer, droppede jeg ud af gymnasiet i protest mod de manglende visioner. Rune har siden sagt, at jeg opførte mig barnligt, men det opfatter jeg som en ros.

Nu var kun forfatterdrømmen tilbage. Jeg indledte et samarbejde med Rune, der jo er denne bogs forfatter. Efter min smag var han alt for pæn og pligtopfyldende. Han gjorde, hvad lærerne bad ham om uden at mugge. Men Rune havde i det mindste lidt af den rebelske gnist tilbage. Han turde om muligt sætte spørgsmålstegn ved hele tilværelsen. Men han drog desværre ingen konsekvenser af sin opfattelse. Hvis han havde været lidt sjov og rebelsk fredag aften, så var han igen pæn og arbejdsom mandag morgen. Desværre. Nu begyndte Rune, oven i købet, at moralisere over for mig ved at fortælle, at jeg burde skrive noget mere. Hvad giver du mig? Er Rune en rebel eller en vatpik? Godt at jeg kan bagvaske ham i en historie som denne! Jeg sov og jeg sov og jeg sov.

En forestilling om fremtiden kaldes en fremtidsvision. Sådan én var jeg plaget af for tiden, både dag og nat. Hvis det da bare havde været noget tågesnak, men min så ud til at holde vand. Flere gange havde jeg ligget vågen og forsøgt at tænke situationen igennem. Jeg forestillede mig menneskehedens udvikling gennem resten af min levetid. Der ville blive flere og flere mennesker på Jorden, hvis der da ikke skete katastrofer af hidtil uset omfang. Eftersom mennesket har en iboende tendens til egoisme og vold, ville konfrontationer florere i stigende omfang rundt omkring. Medmindre – og nu kommer jeg til det centrale i min vision – man fandt en måde at holde pøblen i skak på. Allerede nu kunne fjernsynet holde millioner af folk passiveret og få dem til at føle sig tilfredse. Men hvis det skulle kunne lade sig gøre i fremtiden, måtte der noget mere radikalt til. Den perfekte virtual reality maskine, eller måske blot et tilfredsstillende kirurgisk indgreb, hvem ved? Imidlertid tvivlede jeg på virkningen af selv den bedste illusionsmaskine. Efter noget tid ville illusionen måske falme og en endnu mere effektfuld maskine være påkrævet? Noget lignende var jo allerede sket med actionfilm, der blev blodigere år efter år.

Hen mod slutningen af min levetid ville al menneskelig arbejdskraft være overflødiggjort af tænkende og talende maskiner, der kunne fremstille nye tænkende og talende maskiner. Det ville skabe endnu mere frustration hos menneskene og større behov for passivering, men det ville maskinerne være de første til at udvikle og levere. Jeg gøs ved tanken. Bare der dog stadig ville være et sted, et lille sted, en lille isflage, hvor man kunne leve og tænke frit. Med alt hvad det indebar af blod, sved, tårer og menneskelighed.

Jeg satte mig op i min seng. Udenfor på gaden kunne jeg høre børn lege i tusmørket. Det var endnu sommer, men vinteren ville snart komme. Jeg sad fuldstændig stille i det mørke rum og lyttede, indtil det gav et gib i mig, da gadelygten blev tændt. Hvor længe endnu ville der være børn, gadelygter, skygger, værelser, forelskelse og undren? Jeg stirrede intenst rundt i mit værelse og så gradvist tingenes former tydeligere og mærkeligere. Mon strengene på min guitar stadig vibrerede lidt, efter jeg sidst havde spillet på den? Om dagen ville jeg have sagt nej, for det var jo ugevis siden, jeg havde spillet sidst. Men om natten var alting anderledes, heldigvis. Mon de intelligente maskiner nogensinde ville tænke på let dirrende guitarstrenge i et lille, mørkt værelse? Jeg håbede, at svaret var nej, for så ville der stadig være en grund til, at jeg var her. Jeg følte pludselig trang til at røre ved guitarstrengene, få dem til at vibrere igen, i al evighed om det skulle være. Men så begik jeg fejltagelsen at tænde lyset. Magien fordampede og et øjeblik efter var jeg blot en lille, bumset teenager med nogle små, kedelige ting. Børnene ude på gaden kunne jeg ikke høre længere og jeg indså, at strengene på min guitar ikke stod og vibrerede. Jeg havde ingen grund til at sove og ingen grund til at være vågen og ingen grund til at være her i det hele taget. Jeg blev nødt til at tage en øl. Da den gled ned igennem svælget på mig, var det dejligt forfriskende. I mit hoved opstod et drikkebillede, der virkede stærkt beroligende. Midt i muntre farver stod et hold smilende robotter og drak øl! Jeg faldt nu i søvn uden en eneste tanke om fremtiden. Jeg sov og jeg sov og jeg sov.

»Du skal ikke ligge og sove hele tiden. Der går jo en god forfatter tabt i dig!«

Rune ruskede mig vågen og gav mig papir og blyant i hånden.

»Lad mig lige vågne først.«

Jeg satte mig op og gned øjnene og forsøgte at virke mere træt, end jeg egentlig var. Rune var fuldstændig kold over for det. Jeg forsøgte med en god undskyldning.

»Jeg har jo ikke nogen uddannelse. For at skrive noget interessant, skal jeg jo have studeret på universitetet eller sådan noget.«

Det måtte da gøre indtryk på Rune, denne dannede mand. Til min overraskelse slog han en markant latter op.

»Jo bedre uddannelse man har, desto kedeligere skriver man. Se bare på mig!«

Rune pegede på sig selv med tommeltotten. Hans stemme blev til stadighed mere insisterende, da han fortsatte.

»Jeg vil have dig til at skrive, mens du endnu er ung og uspoleret. Den dag, hvor du sidder i dit parcelhus og tænker på aktiekurser, vil tidsnok komme. Det er nu, du skal skille dig ud fra mængden og skrive.«

Rune udtalte ordet SKRIVE med en sådan kraft, at jeg nærmest kunne føle spyttet fra hans mund. Det så sgu ud til, at han mente det alvorligt. Jeg nikkede og mumlede noget om, at det kunne vel være meget spændende. I virkeligheden blev jeg et øjeblik fristet af bil, parcelhus og aktiekurser. Rune vidste det vist godt. Han fik de afsluttende ord.

»Jeg fornemmer, at læserne er trætte af at læse om mig hele tiden. Jeg kan inderligt godt forstå dem. Rune her og Rune der … Derfor overlader jeg nu scenen til dig, så længe historien her varer. Hvis du vil være forfatter, så bliv det. Hvis du vil være tasketyv, det ville ganske vidst ikke være kønt, så bliv det. Hvis du vil være astronaut, kan du også blive det, papir er jo taknemmeligt. Du har op til 17 sider fra nu af til at realisere dig selv. Du kan ændre verden, hvis du vil! Men hvis du bare vil ligge og sove det hele væk, så skal jeg være den sidste til at forhindre det.«

Sådan var ordene. Rune var væk. Jeg sov og jeg sov og jeg sov.

# Narkobilleder

Min kone kunne ikke forstå det. Engang havde jeg været så glad for mad og aftenhygge, sagde hun. Men nu skovlede jeg bare maden ind og gik ned i kælderen i vores villa. Det var sikkert vældig mærkeligt, at jeg efter en lang dag på arbejde gik ned i kælderen og arbejdede.

»Når jeg kommer hjem fra vuggestuen, så har jeg arbejdet nok, jeg ville aldrig fortsætte frivilligt hele natten,« sagde hun som en kommentar til min arbejdsnarkomani.

Når hun spurgte, hvad jeg arbejdede med for tiden, kunne jeg ikke gøre andet end at udtale standardsvaret: »Jeg programmerer computere.« Det var jo sandt nok, hun kunne bare gå ned og se alt det udstyr, jeg havde i kælderen.

»Hvorfor er det så spændende?«

Kvinder, altså! Men jeg var desværre afskåret fra at give hende et ordentligt svar, så jeg blev nødt til at sige noget generelt.

»Der er efterhånden computere overalt, og de har stor betydning for vores samfund. Tænk på, at hver gang du bruger din mobiltelefon, så nyder du godt af en programmørs arbejde.«

Denne aften valgte jeg at være venlig. Jeg gav mig god tid til at spise maden, roste den sågar, og lyttede til hendes trængsler på arbejdet.

»Hvorfor er du så sød i dag?« udbrød hun.

Efter jeg havde hygget mig med hende i sengen, sagde vi pænt godnat til hinanden. Jeg blev liggende i lidt tid, indtil jeg kunne høre på hendes åndedræt, at hun var faldet i søvn. Så listede jeg ned i kælderen, længselsfuld efter at komme videre med mit arbejde.

Ganske vidst har jeg tavshedspligt, men eftersom du, kære læser, ikke kender mit navn, tør jeg godt fortælle lidt om mit arbejde til dig. Du har sikkert allerede regnet ud, at jeg er datalog – men jeg har fået en ualmindelig spændende arbejdsopgave. En stak ældre spolebånd fra et dybt hemmeligt computersystem. Den computer, som dataene stammer fra, findes formodentlig ikke intakt mere. De folk, som har udviklet computersystemet, sidder sikkert i et fangehul et eller andet sted.

Sammen med ganske få dataloger fra andre lande havde jeg fået udleveret nogle enkelte bånd. Målet var at udvikle et program, der kunne afkode båndenes data. Jeg havde hørt, at det indtil videre var lykkedes for andre at afkode informationen fra to bånd. Indtil videre havde jeg ikke haft succes med at afkode et eneste, hvilket fik mig lokket desperat ned i kælderen hver nat for at fortsætte arbejdet.

Jeg havde hørt, at de bånd, som hidtil var blevet afkodet, havde indeholdt information om mere end 15.000 hemmelige agenter. Jeg drømte om at foretage en ligeså stor afsløring og prøvede ihærdigt. Hver nat, sit forsøg. Denne nat havde jeg lige fået en lys idé.

Jeg gik hen til min arbejdscomputer. Det var en nutidig, hurtig og lidt kedelig standard-pc. Men jeg havde gjort den spændende ved at modificere den til det yderste. Først og fremmest var den tilsluttet en tyve år gammel båndstation, der menes at have siddet på den oprindelige,

hemmelige computer. Alene arbejdet, med at få bånd-
stationen monteret, havde været et kunstværk i sig selv,
men heldigvis var det lykkedes.

Hvad software på min pc angår, var der installeret et
godt, kommandobaseret styresystem. Derved kunne jeg
slippe for farvestrålende *peg og klik* programmer, som
blot ville besværliggøre mit arbejde. Jeg følte mig kun i
mit es, når jeg kunne stirre på en sort skærm med hvide,
blinkende bogstaver. Ja, sådan er vi dataloger altså.

Jeg satte forsigtigt et bånd i båndstationen og lod da-
taene overføre til en fil på min computer. Populært sagt
skulle de nuller og ettaller, der var indspillet på båndet,
kopieres ubearbejdet til min computer. Det var en enkel
sag for mig at få gjort, men alligevel gav denne del af pro-
cessen mig altid rystende hænder og sved på panden. Jeg
tænkte på alle de ting, der kunne gå galt. Hvad nu hvis
båndoptagerens tonehoved var blevet lidt skævt i årenes
løb, eller båndene var blevet gradvist afmagnetiserede? Ja,
så ville nullerne og ettallerne ikke blive ordentligt aflæst.
I så fald ville det for evigt være umuligt at få afkodet
meningsfulde oplysninger.

Hvis nullerne og ettallerne derimod blev overspillet
korrekt til en fil på min computers harddisk, så skulle
det nok før eller siden lykkes at afkode dataene. Selvom
det er sværere, end folk normalt tror, på grund af de
nærmest uendelige kombinationsmuligheder. Jeg havde
derfor efterhånden læst en ikke ubetydelig bunke bøger
om datasystemers opbygning, datalagringsmetoder og
krypteringsteori. Derudover havde jeg møjsommeligt
pløjet mig igennem en hel del matematik. Indtil videre
havde min afprøvning af diverse matematiske algoritmer

ikke ført til noget som helst. Det kunne jeg egentlig godt forstå. Det ville jo være dybt mærkeligt, hvis hemmelige efterretningsoplysninger bare kunne afkodes udfra en metode, som man kunne læse i en bog.

Jeg kiggede op og konstaterede, at dataoverførslen allerede var færdig. Til at begynde med åbnede jeg filen i en almindelig teksteditor. Naturligvis var jeg ikke så naiv, at jeg forventede umiddelbart at se noget meningsfuldt på denne måde. Alligevel håbede jeg, at jeg ved at se på filen i forskellige editorer, kunne få en idé om dataenes opbygning.

Jeg bemærkede til min overraskelse, at der så ud til at være en klar struktur i dataene, i hvert fald det første stykke. Jeg gjorde et naivt forsøg på at afkode dette stykke, ved at tildele hvert tegn et almindeligt bogstav. Det virkede alt for let. Efterhånden dukkede en læselig besked frem på skærmen. Det kunne da ikke være sandt? Men jo, på skærmen stod nu et forståeligt budskab, og det var endda på dansk. Det lød således:

HEJ LARS. JEG TÆNKTE NOK, AT DU LIGE KUNNE FINDE UD AF AT AFKODE DENNE BESKED. DET ER JO DEN 1.APRIL I DAG. HA, HA. NU MÅ VI SE OM DU FÅR SAMME SUCCES MED DE KODEDE DOKUMENTER FRA DDR. PER.

Da jeg læste beskeden, sank jeg sammen i stolen. Jeg havde aldrig før været så skuffet i hele mit liv! Jeg var lige ved at tude. Tænk, at jeg havde været naiv nok til at tro, at jeg så nemt kunne afkode Stasi-akterne. Men det havde selvfølgelig bare været en spøg fra Per, den ar-

rogante nar. Hvis hans lille nummer havde slettet bare
et enkelt byte af de oprindelige data, så skulle jeg nok få
ham fyret. Jeg kunne ikke vente til næste morgen med
at ringe og skælde ham ud.

»Nå, det har du først opdaget nu. Det er den 27. april
i dag, så det var du sgu længe om. Bedre sent end aldrig,
som man siger. Vi kan jo ikke være lige hurtige allesam-
men.«

Pers arrogante tonefald fik det til at løbe koldt ned af
nakken på mig. Inden jeg nåede at fremstamme min
anklage, begyndte han at håne mig igen.

»Det glæder mig, at du i det mindste arbejder om nat-
ten. Så kan det være, at firmaet får en lille smule ud af
din løn.«

Han grinede højlydt. Jeg kunne mærke raseriet brede
sig som varme i hele kroppen. Endelig tog jeg ord i min
mund og brugte dem mod ham.

»Er du klar over, hvad du har gjort? Uerstattelige data
kan være gået tabt.«

Jeg spyttede nærmest ordene ind i telefonen. Per lød
ikke som om, at han forstod situationens alvor.

»Slap dog af, mand. Det var jo et uindspillet bånd.«

Men slappe af ville jeg ikke.

»Jeg kunne se, at der var data fra ende til anden.«

I det øjeblik forekom det mig, at Per og jeg byttede
roller. Nu var det ham, der var den svage.

»Hvad? Jeg kan jo blive fyret, hvis det er sandt.«

Jeg hørte Pers fortvivlede stemme og kunne ikke sige
mig helt fri for en vis nydelse.

»Ja, det kan du. Jeg skriver en e-mail til chefen,«
afsluttede jeg.

Dernæst sagde jeg farvel og lagde på. Jeg sendte for resten ingen e-mail, da jeg havde bedre ting at tage mig til. Nu håbede jeg, at Per havde fået en lærestreg.

Jeg kunne ikke sove resten af natten. For at slappe lidt af, gik jeg rundt i mit computermuseum, der fyldte hovedparten af kælderen. Mit åndedræt blev gradvist roligere og mit humør gradvist bedre.

Jeg betragtede stolt computersamlingen, der stod velordnet på hylderne. Jeg havde computere i hundredvis, hvoraf hovedparten var fra 1980'erne. Nogle få havde jeg selv købt, da de var nye, men langt de fleste var købt brugt for få penge, fordi folk fejlagtigt tror, at nyt er godt og gammelt er dårligt. Alle maskinerne havde jeg renoveret, så de fremstod fuldt funktionsdygtige.

Det hyldesystem, som computersamlingen stod på, havde jeg fået i bryllupsgave af min ven, som var en særdeles dygtig tømrer. Jeg blev straks meget glad for det, og jeg fik ham flere gange overtalt til at udbygge det. Til gengæld ordnede jeg hans computer et par gange.

Jeg havde stor respekt for godt håndværk og anså mig selv for at være en håndværker udi computerprogrammering. Jeg afskyede de mennesker som mente, at det var mere fint at være akademiker end håndværker. Selvom jeg var den delvis lykkelige indehaver af et eksamensbevis fra et universitet, brugte jeg det ikke til at spille fin med hele tiden. Det kunne sådan én som Per lære noget af. I min studietid hoverede han altid overfor os andre, når han selv fik gode karakterer. Den narrerøv!

Jeg lod øjnene glide ned ad de mange hylder med klassiske computere, som jeg alle elskede højt. Amiga,

Amstrad, Apple, Commodore, Compaq, HP, IBM, Macintosh, Osborne, ZX81, ja sågar Piccoline. Nogle var arbejdscomputere, andre var spillecomputere, men jeg så en stor skønhed i hver eneste.

Udover at være en fornøjelse, så var alle disse computere en uvurderlig del af mit daglige arbejde. Hvis en virksomhed havde brug for aflæsning af et databånd eller en diskette, kunne jeg fiske en relevant computer ned fra hylden og gøre dataene tilgængelige i løbet af nul komma fem. Desværre havde jeg opdaget, at det ofte var forholdsvis nye datamedier, der voldte de største problemer. Når datamedierne fylder mindre og får større kapacitet, bliver dataene mere sårbare. Gendannelse af tabte data vil selvfølgelig holde dataloger som mig beskæftiget i al overskuelig fremtid. Men det er da trist, at folks digitale fotografier vil gå tabt, fordi de simpelthen ikke er lagret ordentligt.

Endnu engang længtes jeg tilbage til min grønne ungdom. Det var enormt spændende at studere datalogi i midtfirserne på grund af den enorme idérigdom. Hver eneste maskine på mine hylder repræsenterede et hav af forskellige menneskers visioner om, hvordan datamaskiner burde være. Men ikke nok med det. Alle menneskelige frembringelser stammer fra vores sind. På den måde var mange menneskers drømme, idéer og stræben bundet i computerne på hylderne. De var ligeså forskelligartede som mennesker selv.

Jeg lagde mig på et bord ved kælderens vindue, hvorfra jeg havde overblik over hele min samling. Tænk sig, at folk frivilligt havde kasseret alle disse smukke maskiner, i troen på at nyt altid er bedst. Det var ligesom alle de smukke bygninger, der blev revet ned, fordi en kynisk byggemastodont ville klaske noget beton op i stedet. Eller alle de kunstværker, der blev forkastet af moderniteten. Eller andre menneskers erfaringer, som du nægtede at lytte til, fordi du ville være smart. Ud fra min synsvinkel var den blinde fremskridtstro simpelthen en af menneskehedens store fejl.

Pludselig vågnede jeg op fra min filosofiske stund, da det første, rødlige morgenlys kunne fornemmes i kælderen. Jeg så nu et narkobillede, så klart som nattens stjerner. Motivet var i sig selv ganske upoetisk; det forestillede en mand i en kælder med en sprøjte i sin arm. Pludselig gik alting vildt hurtigt.

Med ført hånd og enorm selvsikkerhed gik jeg hen til hylderne igen. Jeg så mig selv gribe en 8-bit computer fra DDR og stille den hen på arbejdsbordet. Min fornuft fortalte mig, at her var i hvert fald ikke noget at komme efter, men alligevel fortsatte jeg. En tilfældig ledning fra en skuffe fik båndstationen tilsluttet computeren. Selvom jeg aldrig havde prøvet at programmere den pågældende computer før, gik det nærmest af sig selv.

Farverne og stregerne i narkobilledet forenedes med stjernehimlen og blev til kommandoer, som min hånd prikkede ind på det gamle tastatur. Det var det største øjeblik i hele mit arbejdsliv. Men så ringede telefonen og afbrød det hele.

»Hvorfor er du ikke mødt op på arbejdet i dag?«

Chefen talte med sin kritiske stemme.

»Stasi-akterne er nu åbne.«

Jeg havde udtalt ordene med stor overbevisning, selvom det endnu ikke var helt sandt.

»Så kommer jeg straks hjem til dig.«

Jeg kunne ikke afgøre, om chefen lød tvivlende eller optimistisk.

Jeg gik straks hen til computeren igen. Heldigvis kunne jeg stadig fremkalde narkobilledet på min indre skærm. Fra at have været blåt til at starte med, blev det efterhånden mere og mere rødt, mens mine fingre blev ømme af de mange kommandoer.

Chefen kom ind. Jeg fornemmede, at han stod bagved og snakkede, men det kunne jeg ikke tage mig af. Jeg var i trance. Min sjæl havde lyst til at vandre hen over himlen. I samme øjeblik så mine øjne en nåleprinter starte, og en fortegnelse over hemmelige agenter kom langsomt, men sikkert, til syne. I det øjeblik var jeg den klarest lysende sol på datalogiens stjernehimmel.

Et sted nede i en kælder faldt en datalog om af træthed. En chef forsøgte at gribe ham, da han væltede. Senere var en datalog og en chef igen samlet i kælderen.

»Det er jo umuligt!« sagde chefen.

»Vil du virkelig stå her og påstå, at du har brugt en computer, der var forholdsvis almindelig i DDR, til at åbne de dybt hemmelige Stasi-akter?«

»Ja.«

»Hvis du ikke havde været en så sympatisk fyr, ville jeg have fyret dig for længst, på grund af din alt for livlige fantasi.«

Et øjeblik begyndte jeg at tvivle på, om det hele var virkeligt. Chefens bemærkning gjorde mig rystende nervøs. Men så hørte jeg lyden af en nåleprinter, der var løbet tør for papir. Jeg indså, at chefens bemærkning i virkeligheden var den højst opnåelige ros. Jeg rev en side fra nåleprinteren af og rakte ham. Pludselig gjorde den kolde og hårde chef noget, som jeg aldrig havde troet. Han omfavnede mig.

»Du er genial!« råbte han.

Dagen efter stod følgende overskrift på avisens forside: *Dansker afklarer Tysklands nyere historie.*


Midt i al min glæde dukkede Rune op.

»Tillykke med opdagelsen,« sagde han venligt.

»Det var flot, at du kunne afkode båndene fra DDR. Men du er jo også en arbejdsnarkoman, der ofrer alt for dit arbejde. Lidt for meget, ville jeg nu nok sige.«

Runes langsomme stemme havde en lidt hård klang her i kælderen. Han holdt en lang tænkepause, mens jeg blev urolig. Så kom der en overraskelse.

»Hvad med at få et barn? Jeg skal jo også have nogen at skrive om i fremtiden.«

Jeg mumlede noget om, at det ville jeg da overveje. Jeg var ved at ånde lettet op, for Rune kom tilsyneladende ikke for at sige det, som jeg havde frygtet.

»Du har jo en ganske sød kone. Jeg kunne næsten blive helt misundelig. Det er da synd for hende, at hun skal sove alene hver nat.«

Rune smilede, men blev straks alvorlig igen.

»Du elsker dine computere mere end din kone. Burde det ikke være omvendt?«

Runes tonefald var nu blevet bebrejdende. Jeg følte mig nødsaget til at svare skarpt igen.

»Rune, jeg troede faktisk, at du kunne forstå mig. Du

sidder jo selv ved din computer hver aften. Du skriver historier, eller løser matematikopgaver, eller hvad ved jeg. Du har jo ikke engang en kæreste. Jeg er rent faktisk gift, ergo er jeg en del mere social end dig.«

Overraskende nok tog Rune ikke denne bemærkning ilde op. Et øjeblik virkede han helt menneskelig.

»Du har ret i, at jeg ikke burde spille smart over-for dig. Men min største fornøjelse som forfatter er jo, at sætte mine hovedpersoner på plads. Og i øvrigt synes jeg, at du burde være lidt mere sammen med din kone.«

Det forekom mig, at Runes tonefald igen var blevet ubehageligt. Jeg bad ham om, at blande sig fuldstændig udenom mit privatliv. Men så sagde han pludselig det, som jeg frygtede allermest, og som han vidste, at jeg frygtede allermest.

»Du er vel godt klar over, at du kun eksisterer på papi-ret, eller i læsernes hoveder om du vil. Jeg valgte at skabe en datalog som dig, fordi jeg var træt af altid at skrive om forfatterspirer og journalister. Jeg gav dig en spændende opgave, fordi læserne jo nødigt skulle lægge bogen fra sig i utide. That's it.«

Selvom jeg havde vidst, at det skulle komme, var jeg dybt rystet. Stod Rune nu og begik karaktermord på sin egen hovedperson? Ja, og han hældte endda salt i såret.

»De rigtige databånd fra DDR, også kendt som SIRA-båndene, er nu om stunder opbevaret i Hamburg. Dem får hverken du eller jeg at se. Men det var sjovt at se dig afkode de data, som jeg havde lagt ind på nogle tilfældige spolebånd, fra min fars gamle båndoptager.«

Jeg skreg af raseri, men Rune var allerede gledet ud i tågen. Hvad skulle denne ydmygelse af mig nu til for? Det var jo meningsløst!

Samme dag kom der et brev fra min kone. Der stod, at hun ville skilles, og i øvrigt havde hun fundet et andet sted at bo allerede. Af en eller anden grund påvirkede det mig ikke ret meget. Jeg havde vigtigere ting at tænke på, og heldigvis var jeg ikke datalog for ingenting. Mens Rune sad og kiggede på brugt fotoudstyr på Internet, fik jeg hacket mig ind, så jeg kunne se alle dokumenter på hans harddisk. Jeg fandt følgende historie, kaldet *Lidenskaben*, som Rune har valgt at lade være med at udgive. Jeg synes den er ret god, fordi hovedpersonen minder om mig selv. Rune synes sikkert, at denne historie er for deprimerende, eller også er den blot faldet for hans underlige udvælgelseskriterier. Men her kommer den altså, i en ægte piratkopieret version udført af datalogen. Nyd den!

## Lidenskaben

Her var alt, bortset fra det man kunne tænke sig. Skyggen af det man kunne tænke sig eksisterede, men kun som en påmindelse om menneskehedens forfald snarere end som vidnesbyrd om dennes kreativitet.

Jeg mindedes dengang, hvor jeg havde kørt det meste af Østfyn rundt en kold vinterdag i en kold bil. Lydpotten sprang, da jeg var længst ude i ingenting. Men hvad? Til sidst havde jeg jo fundet de store lader, som var fulde af loppemarkedsgenstande. Engang afskyede jeg loppemarkeder; det var nok dengang, hvor der stadig var noget, der kunne dreje rundt heroppe. Men så skete det, at pøblen fik lokket mig på vildspor for jeg ved ikke hvilken gang. Jeg så hvor mange andre, der gik ind til et loppemarked og drev med af nysgerrighed. Med det samme blev det til en lidenskab for mig, og min manglende evne til løsrivelse førte blot til, at jeg kom for sent til en eller anden familiebegivenhed. Lidenskaber har altid styret mig meget. Så meget at jeg som nævnt kørte Østfyn rundt, med den sprængte potte som resultat, hvilket jeg gladelig gør igen, eller alternativt sidder og bladrer i aviser med det eneste formål, at detektere et lille, sødt loppemarked i det lukkede januarland. Bevares, hvis jeg ikke kan finde noget, laver jeg da bare mit eget. Jeg klodser nogle ting op i skuret, glemmer dem helt, og når arkæologerne eller jeg får gravet dem frem igen, vil jeg blive fascineret af det nye og ubekendte. Nogle fordele er der da ved at have en hukommelse som en si. Hvis jeg husker det, må jeg udføre min idé, når jeg kommer hjem. Det ville, om noget, være en investering i fremtiden. Men hvorfor tænkte jeg egentlig på det lige nu? Jeg står jo på et loppemarked! Hvad mere kan man ønske sig?

Helt utroligt at man kan være på loppemarked og glemme det imens! Pyt, også for mine jævnaldrende går det ned ad bakke. Så meget betyder det jo heller ikke; hvis man glemmer, man er på loppemarked, får man jo bare en glædelig overraskelse, når man opdager det. Jeg møvede mig frem, så jeg kunne overskue et bord. Der stod gamle radioer og fjernsynsapparater. Jeg fandt en B&O båndoptager, som jeg kunne identificere mig med. Den var meget støvet og slidt, men man fornemmede alligevel, hvor smuk den havde været engang. »Hvor meget skal du have for denne her?« spurgte jeg og løftede den op. »Du kan få den for en halvtredser.« Jeg betalte villigt. Et stykke væk stod et par teenagepiger, hvad de så end skulle et sted som her. De fnisede lidt af mig. Hvis man lagde deres alder sammen, ville den nok svare nogenlunde til min… Jeg tog udfordringen op og benyttede chancen til at virke som en gammel nar. »Vil I have den?« spurgte jeg. »Nej, ellers tak,« sagde de forlegent i kor. Mit humør steg. For det første ville det ikke være rart at skulle skille sig af med denne dejlige maskine. Man forærer jo ikke bare en jævnaldrende ven væk, vel? For det andet ville det i sig selv have generet mig grusomt, hvis de havde sagt ja. Når man ikke engang kan regne ud, hvad der foregår i hovedet på teenagepiger, må man være meget gammel, ikke? I det samme gik det op for mig, at jeg altid har været meget gammel. Men det skulle jo komme før eller siden alligevel.

I en bøtte lå der en masse gamle nøgler. Jeg spekulerede over, hvorhenne de mon havde været brugt. Jeg har altid godt kunnet lide nøgler. Måske fordi jeg altid har kunnet lide at trænge ind i andre folks ting og sind. Nøglerne kan i hvert fald give mig adgang til det første, bare man finder den rigtige. Det andet er straks sværere. Jeg nøjedes med at tænke på mit eget sind. Hvilke nøgler kan mon låse op og i her? Den store dér, den kan vist låse op for en hel depression. Den med det fine mønster på skaftet kan og vil lukke op for drømme. Den lille lette kan lukke op for det ungdommelige, hvis der altså er noget af det i mig. »Kigger du efter noget bestemt?« spurgte en sælger, hvilket omgående rev mig ud af de filosofiske rytmer. »Nej, jeg kan bare lide at se på gamle nøgler. De er så spændende. Slet ikke som nutidens flade standard-nøgler,« forklarede jeg. »Aha, det kunne jo godt være, at du havde købt et skab, og du skulle finde en nøgle til det,« sagde sælgeren alvorligt. »Så alle nøglerne her passer til de skabe derhenne?« spurgte jeg bekymret og så det dystre svar tordne sig op foran mig. »Ja, selvfølgelig,« nikkede den uforstående sælger. Nu havde jeg ellers lige glædet mig til at købe nøglerne, og se hvilke fysiske og psykiske låse, jeg kunne åbne med dem. Jeg overvejede at rende med hele bøtten, men da dannelse også hører med til min fremskredne alder, blev jeg nødt til at lade være. Jeg hankede op i min båndoptager og gik videre.

Et sted lå der nogle pakker med fotopapir. En eller anden idiot havde desværre åbnet dem, så papiret havde fået lys. En skam at godt fotopapir var gået til grunde på den konto! Hvis man fremkaldte dette fotopapir, ville det blive helt sort. Jeg stod og så længe på det. Det kunne jeg også identificere mig med. Det kunne være, at jeg ikke var som en gammel båndoptager; jeg har jo aldrig været god til at huske det, folk har sagt. Jeg mindede mere om et stykke fotopapir, som blev belyst og fremkaldte hele tiden imens. Og ville blive sort til sidst. »Hvor meget koster det?« spurgte jeg og pegede på det. »Jeg ved ikke, hvad det er,« sagde damen lidt uroligt. Jeg overvejede at råbe: »Det kan jeg sgu da godt se, dit skod, hvis du havde vidst noget, ville du ikke have åbnet det!« Jeg tog mig i det. Sætningen indeholder jo ord, der ikke er passende at bruge, når man har opnået min alder. I mellemtiden havde damen tænkt færdig. »Du kan få det for en tier.«

Jeg betalte med en villighed, som forbavsede de om-kringværende, hankede op i mine ting og gik videre.

Jeg fandt instinktivt hen til bogafdelingen og rodede i bunkerne. Jeg så gamle bøger af forfattere, som jeg aldrig havde hørt om før. Tænk at være en forfatter, som stolt har skrevet en bog, der bare er forsvundet i tiden. Som enten ender i containeren eller et sted som her. Alt det, der går til spilde! Det var som om, jeg øjnede en sammenhæng. Jeg valgte de tyve bøger, der havde givet mig mest sug i maven, da jeg så dem, og købte dem på stedet. »Det bliver hundrede kroner,« sagde sælgeren. Jeg betalte med en lidenskab, der fik det til at rykke hele vejen igennem de gamle staldbygninger. Jeg så et julekort fra 1927, der fik mig til at tænke på alt det, der er forsvundet i tiden. Jeg mærkede, at den sammenhæng jeg havde set, var rigtig. Jeg fangede budskabet, hankede op i mine ting og løb ud. Udenfor var det gråvejr. Jeg løb zigzag mellem gamle bilvrag for at komme væk fra staldbygningerne hurtigst muligt. Endelig nåede jeg hen til min egen bil. Da jeg havde lagt mine ting ind og sad koldt og godt, følte jeg mig blandt venner. Jeg kiggede længselsfuldt i avisen for at se, om der var flere loppemarkeder. Jeg startede bilen og lod den køre mod nye mål.